IMPRIMERIE E. LHOEST
Rue de la Madeleine . 26.
LITHOGRAPHIE
TYPOGRAPHIE
BRUXELLES.

AF474664

PAPIER VERGÉ ANGLAIS. 500

PAPIER ROYAL DU JAPON 15

PAUL GINISTY

LA

SECONDE NUIT

ROMAN BOUFFE

PRÉFACE D'ARMAND SILVESTRE

ET 66 ILLUSTRATIONS DE HENRIOT

BRUXELLES

AUG. BRANCART, ÉDITEUR

4, rue de Loxum, 4

M DCCC LXXXIV

PRÉFACE

La première moitié de ce siècle fut égayée par un romancier d'un esprit à la fois très honnête et très ingénieux, plein d'imagination, de verve et de justesse dans l'observation. La popularité de Paul de Kock fut immense, et j'ajoute qu'elle fut méritée. Il est douteux cependant qu'après avoir fait les délices de nos pères et trouvé des admirateurs jusque sur le trône de saint Pierre, ce fécond écrivain soit seulement connu de nos neveux. Il a peint cependant les mœurs du petit monde de son temps avec une fidélité qui en fait le successeur direct de Restif de la Bretonne, et, naturaliste sans prétentions, commencé sous une forme joviale l'œuvre de sincérité que poursuit l'école zoliste. Plusieurs de ses romans, Monsieur Dupont *entre autres, sont presque des chefs-d'œuvre d'intérêt bien conduit. Quelle loi fatale les condamne donc tous à l'oubli? L'absence absolue de style. C'est si vrai et si certain, qu'alors même que les délicats en France se détournaient déjà de lui, les étrangers continuaient à le considérer comme une des gloires de son temps. Voilà un fait qui, je l'espère, fait le procès des traductions une fois pour toutes.*

Oui, l'absence du style, car rien ne vit sans le style. J'étais tout enfant quand Emile Deschamps, qui daignait s'intéresser à mes premiers vers, m'écrivait : « La forme n'est rien, mais rien n'est sans la forme ». Cet axiome, qui a l'air d'une naïveté, est tout simplement le code de l'art résumé en deux mots.

Nous avons certainement une pléiade de conteurs français comparable à la glorieuse pléiade italienne. Dès le temps des fabliaux, la note gauloise y domine à côté de la note héroïque, et le Moine sacristain *ne suit que d'un siècle la* Chanson de Roland. *Puis vient la phalange qui emplit le quinzième siècle de joyeux devis et ne finit qu'à la fin du seizième, dominée par Rabelais de toute la hauteur de son génie. Bonaventure Desperriers, Béroald de Verville, Tabourot, Guillaume Boucher, Philippe de Vigneules, Henri Estienne et d'Aubigny lui-même, ce grand tragique qui a écrit le* Baron de Feneste, *ce miracle de gaieté. Un instant interrompue par les splendeurs solennelles du grand siècle où La Fontaine seul mêle d'immortelles fleurs de poésie, la chaîne se renoue avec Voltaire, Diderot et plusieurs autres écrivains brillants du dernier siècle. La langue s'est transformée et, il faut bien en convenir, ne s'est pas enrichie. Moins abondante de mots, moins audacieuse en images, moins imprégnée, dans la texture des phrases, de latinité, elle compense sa sécheresse relative par la netteté et je ne sais quoi de coupant comme l'acier qui en fait une arme puissante pour l'ironie. Mais, à quelque point que nous le prenions de sa longue histoire, le conte français n'a vécu que par le style, et c'est parce que nos meilleurs écrivains n'ont pas dédaigné de badiner en langage correct et soigneusement serti, que leur badinage est devenu immortel.*

Etre artiste avant tout et dans les moindres choses,

voilà le vrai souci ! Dans les produits de la plastique, un peuple nous en donne un magnifique exemple. Voyez les mille riens qui nous viennent des ouvriers japonais : la matrice est sans valeur, l'appropriation sans noblesse, mais comme on oublie le vil prix de l'argile et la vulgarité de l'usage en admirant le tour spirituel ou poétique donné aux plus menus objets ! Ceux qui s'imaginent que le sérieux seul peut être beau et grand sont de fiers imbéciles et bien faits pour ces Invalides littéraires qu'on appelle les Académies. Les Grecs n'avaient pas de ces mépris stupides et Aristophane ne leur semblait pas d'une nature inférieure à Eschyle, parce qu'il faisait rire tandis que l'autre faisait trembler ou pleurer. Qui oserait donc classer les impressions de l'âme humaine, leur assigner une hiérarchie et une noblesse ? Ah ! messieurs les solennels par vocation, demeurez dans la politique ! Votre talent ne s'élève pas jusqu'à la littérature. Car celle-ci vit de belle humeur aussi bien que de lyrisme, et doit même, au besoin, être lyrique dans la belle humeur.

Non, le rire n'exclut ni la grandeur ni la poésie. J'en appelle à ce merveilleux livre des Odes Funambulesques *où les étoiles elles-mêmes s'esclaffent dans l'immensité de l'azur, et qui promène, en plein ciel,* *la fantaisie d'un des plus nobles rimeurs de ce temps. Comme autrefois Homère mêlant aux angoisses héroïques de l'*Odyssée *l'épisode exquis de Nausicaa, Victor Hugo, dans les* Chansons des rues et des bois, *n'a pas dédaigné d'égayer l'écho retentissant encore de la* Légende des siècles.

C'est des sommets que je descends pour revenir à notre école de conteurs qui semble traverser depuis dix ans un renouveau. De jeunes écrivains ont repris la tradition abandonnée et recherché le filon perdu de la gaieté gauloise dans le sombre fatras des préoccupations contemporaines. Ils se sont dit peut-être que, même quand le ciel est chargé de nuages, les oiseaux ne renoncent pas à chanter, que, bien au contraire, leur musique bienfaisante évoque l'image des printemps disparus et console les passants attardés dans un âge mauvais. A côté d'une autre école qui, n'ayant que la réalité immédiate pour objectif, est condamnée à d'infinies tristesses de plume, ils ont tenté de prouver que le réel n'était souvent morose qu'en apparence et qu'à prendre la vie dans son ensemble, le côté comique y était au moins aussi développé que l'attristant. Moins ambitieux que les illustres expérimentateurs du roman moderne, lesquels entendent être des chimistes et des physiciens autant que des romanciers, ils ont osé revendiquer les droits de l'imagination conspuée et de l'invention vilipendée. Ils ont cru qu'à côté de ce qui est, ce qui pourrait être n'est pas moins intéressant pour le cerveau humain. Tout ce qui se conçoit existe, au fond, au même degré que ce qui est vu, ou du moins vu seulement par les autres. Or, le plus naturaliste des romans ne me fera jamais voir que ce qu'il plaît à l'auteur de me conter.

Mais ce n'est pas le lieu de philosopher sur la contingence absolue de toutes nos impressions. Le fait qui me frappe, c'est le soin d'écrire et le souci de la forme qu'apportent dans leurs récits plusieurs des jeunes conteurs dont je veux parler. Par là, du moins, ils se rapprochent des romanciers dont on ne saurait nier la haute valeur littéraire, la conscience et l'immense talent. Voilà qui est donc bien prouvé aujourd'hui : le style seul fait vivre les œuvres. Aussi me suis-je intéressé tout de suite au livre dont mon ami Paul Ginisty a bien voulu me confier les épreuves, en me demandant quelques lignes d'introduction dont il n'avait aucun besoin, mais que mon affection n'a pu lui refuser. Plein de détails amusants, de descriptions bouffonnes, de dialogues invraisemblables (si toutefois quelque chose est invraisemblable ici-bas, ce dont je ne suis pas convaincu), c'est avant tout un livre écrit et fait pour les délicats, les seuls qui vaillent qu'on s'en préoccupe. Je n'ai donc point à le recommander au lecteur, celui-ci lui sera fidèle, ni à lui souhaiter bonne chance, car la chance vient tout naturellement aux ouvrages aimables ayant, pour surcroît, de solides qualités.

ARMAND SILVESTRE.

26 mars 1884.

CHAPITRE PREMIER

LE DUC ORSINO RENTRE DANS SES ÉTATS

DAME ROSALINE, mon épouse, dit le comte Azémius, en jetant un dernier regard satisfait sur son costume d'apparat, veillez, je vous prie, au groupe des jeunes filles !

Dame Rosaline, levant les yeux au ciel, ce qui, de la part d'une jolie femme, est, dans tous les pays du monde, un signe de résignation absolue, parut acquiescer aux ordres de son seigneur et maître, et, lentement, se dirigea du côté de la place où un fort agréable essaim de jeunes demoiselles, vêtues de blanc et tenant entre les doigts un cahier de musique, étaient massées sur une estrade.

Dans tous les pays, également, voici qui fait craindre une cantate.

— Ouf ! continua le comte Azémius en s'essuyant le front avec un mouchoir brodé à ses armes, — deux cornes de buffle sur fond de gueule, — que de tracas, et quel métier que celui d'archi-chancelier du duché d'Illyrie !

Vêtu d'un fort galant pourpoint jaune et de hauts-de-chausses marron clair, une fraise de dentelles emprisonnant son cou apoplectique, le comte allait et venait, un carnet à la main, sur lequel — tout en marchant — il ajoutait, biffait et ajoutait de nouveau.

Par un clair soleil printanier, la ville de Zara étincelait. Ses mille dômes, dorés ou peints de vert tendre, s'étageaient pittoresquement jusqu'aux bords de la mer, toute bleue, aux vagues transparentes. Sous un ciel d'Orient, les blancheurs marmoréennes des palais éclataient, et, dans les rues qui conduisaient à la place, le pavoisement fou des maisons jetait des notes éblouissantes. Ce n'est pas d'hier, comme vous voyez, que date la louable coutume de manifester, par des déploiements de drapeaux, bannières et oriflammes, la joie de toute une ville.

Partout, c'était un fourmillement inouï de peuple, — un peuple bruyant que celui du duché d'Illyrie ! — et des grappes noires paraissaient suspendues aux balcons, loués fort cher, s'il vous plaît, pour la circonstance, par des spéculateurs éhontés. C'est à grand'peine que les dignes miliciens qui composaient la garde civique parvenaient à maintenir, à peu près libre, l'espace circonscrit par des tribunes toutes fleuries, où, très gaiement, en vérité, on avait disposé des flots de rubans aux couleurs nationales. Encore, les gamins de *Zara*, race turbulente, parvenaient-ils, à tout instant, à enfreindre la consigne pour s'aller jucher au sommet des mâts dressés depuis la veille et des légers pavillons réservés aux autorités — les vénérables membres de la Diète d'Illyrie, Messieurs de la magistrature et Messieurs les notables.

Je ne vous ferai point plus longtemps mystère de l'événement qui mettait en liesse tout *Zara*. A midi — midi pour le quart — Son Altesse Orsino V, duc d'Illyrie, devait effectuer son entrée dans sa bonne ville, revenant de la guerre contre les Dalmates, à la tête de son armée. Il y avait un an qu'il était parti — au lendemain même de son mariage avec la belle Hermia, fille du roi de Croatie : ce qui, on en conviendra, avait été un sacrifice pénible. Mais les princes se doivent au bien de l'Etat, et, quand la raison politique l'exige, il n'y a point pour eux à barguigner !

Prévenu, l'archi-chancelier avait donc songé à faire sa cour au monarque en lui organisant une façon de petit triomphe, à l'instar des empereurs romains. La chose devait d'autant plus être sensible au duc que les gazetiers de l'opposition — espèce redoutable, même en Illyrie — interprétant méchamment l'absence complète de nouvelles du théâtre des opérations, insinuaient, avec une perfidie noire, que cette réserve avait sa raison d'être. Je vous demande un peu de quoi se mêlaient ces gazetiers téméraires, car enfin les gouvernements ne sont pas forcés d'aller crier sur les toits ce qu'ils font, et que deviendraient-ils, s'il leur fallait rendre compte de tous leurs actes?

Orsino V? me direz-vous. Où prenez-vous Orsino V? Orsino V était le propre arrière-petit-fils de ce duc d'Illyrie, mis en scène par Shakespeare dans sa *Douzième nuit*, qui fut le glorieux amant de la douce Viola, sœur du marin Sébastien, auquel elle ressemblait à s'y méprendre. Nous voici tout de suite en règle avec l'histoire, et il n'y a rien de tel que de s'expliquer une bonne fois.

Maintenant que vous êtes complètement rassurés sur l'authenticité des personnages de cette véridique aventure, je puis vous dire en quoi consistait la « petite fête » offerte par le comte Azémius à son souverain, fête à laquelle chaque habitant avait d'autant plus volontiers contribué que, en vertu d'un édit spécial, la bastonnade attendait les récalcitrants.

Outre les drapeaux et les illuminations pour la soirée, l'archi-chancelier n'avait rien trouvé de mieux qu'une cantate, chantée par des chœurs choisis et stylés par lui. La vérité vraie est que, se piquant de poésie, l'occasion lui avait paru excellente pour écouler un petit produit de sa muse. Heureux les Etats dont les ministres n'ont que des fantaisies de ce genre!

D'un côté donc, les jeunes filles, placées sous la haute direction de dame Rosaline; de l'autre, les garçons. A un signal donné par Azémius, le chant de gloire devait subitement éclater, emplissant l'air de sa tonitruante fanfare.

Après quoi — profitant de l'heureuse impression que la célébration de ses vertus militaires ne pouvait manquer de produire sur le duc — l'archi-chancelier comptait s'avancer respectueusement et lire un compliment de sa façon, compliment qu'une claque habile, mais salariée, devait souligner, à certains endroits fixés d'avance, de trépignements frénétiques. Du coup Azémius pensait monter au faîte des honneurs!

De vous à moi, c'était un rude ambitieux qu'Azémius, car, je vous prie, que lui manquait-il?

Régent pendant l'absence du monarque, gardien de la Constitution, grand'croix de tous les ordres d'Orsino, président de toutes les commissions, fonctionnaire inamovible et suprême, et s'étant, en cette qualité, réservé toutes les charges grassement rétribuées, faisant enfin trembler tous les préfets et sous-préfets du Duché, — vous avouerez qu'il n'avait guère plus rien à envier. Mais c'est l'essence même des gens accablés par la Fortune de n'être jamais satisfaits.

Stupide, avec cela, autant que vaniteux, le comte Azémius. Croyez que je regrette infiniment d'être obligé de vous présenter un aussi grotesque personnage. Mais je me ferais plutôt hacher que d'attribuer à mes héros des mérites qu'ils n'ont pas.

De nos jours, la critique historique a amené de cruelles révélations sur d'honnêtes gens des siècles passés, que nous nous étions habitués à considérer comme d'inclytes et de parfaits modèles de toutes les vertus. Le pic de la critique, si je n'étais scrupuleusement exact, n'aurait qu'à entamer les fondations de mon récit, vous ne sauriez plus avoir aucune confiance en moi !

Vieux, chauve, laid, ridicule, d'ailleurs parfaitement inepte, voilà donc ce qu'était en réalité l'archichancelier. Comment, ainsi bâti, avait-il pour femme la très jeune et très gracieuse dame Rosaline ? Demandez aux barbares parents de la pauvrette ! Au

reste, le cas n'est pas rare. Enfin peut-être le comte tenait-il à ne pas faire mentir les armoiries cornues de sa famille.

Car, j'aime autant vous le dire tout de suite, elle était charmante, dame Rosaline. Un sourire de printemps, la brune la plus piquante qui se pût rêver. Et fine, et joyeuse, et ne demandant qu'à jeter par-dessus tous les moulins à vent ou à eau du Duché les dentelles de son bonnet ! Vous serez bien avancés quand j'aurai ajouté qu'elle avait le plus gentil nez relevé qui fût, des yeux flamboyants de malice, une bouche mignonne, garnie de perles, et une coquine de fossette au menton. Mais je vois que vous voulez tout savoir !

C'est pour cela que je ne saurais vous céler l'émotion dans laquelle se trouvait l'archi-chancelier. Dieu sait pourtant s'il l'avait fait répéter, sa cantate, et si tous les chefs d'orchestre du Duché l'avaient aidé dans cette tâche ingrate. Avec l'abnégation et le mépris de l'abonné, que peut seul avoir un organe officiel, le *Moniteur d'Illyrie* en avait publié le texte, le matin même. Mais il n'y avait pas à dire, le comte Azémius avait le trac. Combien d'autres détails sollicitaient en même temps son attention, d'ailleurs ! La tenue des masses populaires, le règlement des cris spontanés d'enthousiasme pendant le passage du cortège, que sais-je ?

Une dernière fois, voulant juger de l'effet, il se plaça au centre de la place, autour de laquelle, au-dessous des estrades, s'alignaient les bataillons de la garde citoyenne, et, se servant de son bâton d'archi-chancelier comme d'un bâton de mesure, il donna le signal.

Les chœurs entonnèrent le refrain de la cantate :

Allons-y, allons-y de nos chants d'allégresse
Frères, il ne faut point ménager notre ivresse *(bis)*
Honneur, honneur à notre duc
Sans lui l'État serait caduc *(ter)*.

Ces vers étaient, comme on voit, rimés richement. Les vers de grand seigneur sont toujours bons, d'ailleurs.

— Ce n'est pas ça, ce n'est pas ça ! s'écria l'archi-chancelier, tout en nage, recommençons !

Et, dociles, les chœurs attaquèrent de nouveau la cantate. Lui, soufflant, suant, s'épongeant le front, allait du groupe des garçons au groupe des jeunes filles, voire au groupe des vieillards. Car cela avait été une idée ingénieuse d'Azémius que d'ajouter, à la manière du chant séculaire d'Horace, une strophe censément dite par les doyens de la cité, et hurlée, en réalité par les plus vieux choristes du théâtre ducal. Elle était ainsi conçue :

> Voici revenir nos enfants,
> Ils nous remplacent à la guerre,
> Hélas, aux combats de Cythère
> Ils sont aussi nos remplaçants ! (*bis*)

Azémius tenait beaucoup à cet effet. Il y avait une bonne heure que les pauvres chœurs s'évertuaient à le satisfaire quand un lointain roulement de tambours se fit entendre.

— Ciel ! fit Azémius, c'est le duc... Allons, mes enfants, ayez l'œil sur moi, et de l'aplomb, sapristi... La reprise, surtout !

Un long murmure du populaire couvrit ses paroles. Les badauds se pressaient les uns sur les autres, pour essayer de voir les premiers. Il dut y avoir, ce jour-là, des cors aux pieds étrangement foulés et des femmes enceintes à demi écrasées, sans respect pour le fruit qu'elles portaient dans leur ventre.

— Hurrah ! hurrah ! criait la foule.

Et les musiciens eux-mêmes se penchaient hors de leurs estrades, à perdre l'équilibre, pour apercevoir les panaches des troupes d'Orsino.

Ce fut d'abord, à travers la poussière, une masse confuse, au milieu de laquelle scintillaient des éclairs de casques et d'armures, puis les chamarrures des uniformes se distinguèrent peu à peu. Enfin le duc lui-même, monté sur un cheval blanc, et accompagné de son fidèle page Tityre, apparut aux yeux ébahis.

C'était un fort bel homme que le duc, et qui avait une grande allure. Il avait ceint sa couronne, pour la circonstance, et sauf cette coiffure, d'ailleurs gênante par elle-même, il paraissait tout à fait à l'aise au milieu des acclamations de ses fidèles sujets.

C'était l'instant attendu par l'archi-chancelier. Il s'époumona à crier : « Un, deux, trois ! » Le signal donné par lui fut répété par tous les chefs d'emploi et une formidable clameur couvrit jusqu'au bruit des trompettes de l'armée.

Allons-y, allons-y de nos chants d'allégresse,
Frères, il ne faut point ménager notre ivresse !

Hélas ! la cantate n'alla pas plus loin. Le duc, se bouchant d'abord les oreilles, n'avait pu y tenir et réclamait le silence, désespérément.

— Ah bien, non ! fit-il enfin, tout ce que vous voudrez, mais pas de ça !

Penaud et confus, l'archi-chancelier se grattait la tête, ne sachant plus quelle contenance garder, tandis qu'un ironique éclat de rire éclatait comme une tempête.

— Non ! ajouta le duc, pas de musique ! Un an de campagne suffit, vous savez... Je ne rentre pas dans mes Etats pour m'ennuyer !

Cette déclaration était catégorique. Mais la déconfiture de l'archi-chancelier ne connut plus de bornes lorsque s'étant avancé, son rouleau de papier à la main, pour lire le discours qu'il avait laborieusement préparé, le duc fit un geste de la main droite.

— Pas de compliment non plus, comte, je daigne vous en dispenser !

Il arrêta son cheval au milieu de la place, et d'une voix forte, il dit :

— Peuple d'Illyrie, je ne viens pas ici vous faire le récit de mes exploits. Non ! si vous croyez que je vais vous narrer les hauts faits de mon invincible armée... détrompez-vous ! Invincible, en effet, cependant, car, pendant une année entière, nous n'avons jamais pu réussir à rencontrer l'ennemi ! Mais après tant de fatigues et de privations, j'ai hâte de refaire connaissance avec les douceurs de ma capitale... Peuple d'Illyrie, célébrez mon retour par des fêtes, des danses et des jeux. Que « Tout à la joie » soit le seul mot d'ordre !.. Par exception et pour cette fois seulement, j'abroge la loi sur l'ivresse publique !

— Hurrah ! fit le peuple.

L'armée attendait, sous les armes.

Le duc se tourna du côté de ses troupes :

— Et vous, dit-il, rompez les rangs... arche !

Azémius demeurait bouche béante, navré, stupéfait. Une fête officielle si bien réglée ! une cantate si bien apprise !

Il se hasarda à présenter respectueusement ses doléances au duc, comme Orsino descendait de cheval.

— Tiens, vous êtes bon, répondit familièrement le duc, vous ne jeûnez pas depuis un an, vous !

Et, comme l'archi-chancelier, de plus en plus dérouté, restait muet devant son souverain :

— Or ça, reprit Orsino avec une dignité où perçait néanmoins une singulière impatience, où est ma femme?

CHAPITRE II

TITYRE SE RÉVÈLE TACTICIEN

Pour parler franc, le seigneur Azémius n'eût pas été mal inspiré, à ce moment, de s'adresser la même question. La réponse, il est vrai, ne lui eût peut-être pas été absolument agréable.

A peine le fidèle page Tityre avait-il aperçu dame Rosaline, en effet, que confiant son cheval à un écuyer de la suite, il avait opéré pour se diriger vers elle, sans être aperçu, une manœuvre déloyale, mais savante, qu'auraient pu lui envier les tacticiens de l'armée d'Illyrie.

Au clignement d'yeux qui avait précédé cette manœuvre, dame Rosaline, en femme avisée, avait répondu par une retraite habile derrière l'estrade principale, celle qui avait été préparée pour le duc, au cas où, entouré de sa cour, il lui aurait plu d'entendre à son aise la mirifique cantate d'Azémius.

Tityre, tout en semblant vouloir admirer de plus près les décorations et les trophées, s'était glissé au milieu de la foule, les mains derrière le dos, avec un joli air indifférent d'amateur, et, s'insinuant rapidement sous les charpentes, qu'il avait traversées en un clin d'œil, avait retrouvé Rosaline. De ce côté, c'était la solitude — mieux que la solitude, une ombre exquise et propice. Là, le brouhaha populaire n'arrivait qu'affaibli déjà par les lourdes tentures, et, à cette heure tumultueuse, quel œil indiscret eût songé à se détacher du spectacle animé qu'offrait la place ?

Vous ai-je dit que le page Tityre avait dix-huit ans ? Ce garçon-là était fait au mieux. Une petite moustache blonde ombrageait à peine sa lèvre d'enfant. De grands yeux vifs éclairaient, avec une singulière malice, son gentil visage mobile, plein d'une candeur qui — soit dit entre nous — était assez trompeuse. Mais Tityre, qui était fort avancé pour son âge, avait compris tout le parti qu'il y avait à tirer de jouer, auprès des dames, le rôle de grand bambin. On se défie des victorieuses allures d'un capitaine dont le sabre semble accrocher les cœurs. Un petit jeune homme de dix-huit ans ne saurait être aussi compromettant, et vaut tout autant pour le plaisir. C'est du moins ce que m'ont assuré des personnes du sexe, qui s'y entendaient.

Ajoutez que son costume cavalier lui seyait à merveille. En sa qualité de page, il laissait l'armure aux vieux soldats, gardant seulement un amour de petite cuirasse, qui le serrait, à la taille, comme un corset. Des bottes de cuir très fin faisaient valoir son pied, qu'il avait fort joli, et, au-dessus du genou, s'échancraient, pour recevoir ses chausses bouffantes agréablement tailladées. Une écharpe rose était passée à sa ceinture. Une toque à plume dorée était crânement campée sur ses cheveux, frisés en passe-filon et poudrés, s'il vous plaît, avec de la poudre de violette musquée. Vous voyez que Tityre était, à la vérité, fort présentable lorsqu'il aborda dame Rosaline.

Faut-il avouer que l'accueil que lui fit celle-ci n'eut rien de rébarbatif? Ce diable de page avait d'ailleurs une façon d'entrer en matière qui supprimait tous les ambages. Il commença par coller ses lèvres sur la bouche de dame Rosaline.

— Ah, ma mie! lui dit-il, sans vouloir s'apercevoir de la résistance, assez molle d'ailleurs, de l'épouse d'Azémius, quelle longue séparation!

— Voulez-vous bien vous taire, méchant imprudent, répondit Rosaline, qui ne pouvait s'empêcher, toutefois, de convenir que Tityre sentît bon, et qui, par manière de gronderie, s'amusa à tirer le peu qu'il avait de moustaches.

— Vous savez que je vous aime toujours! reprit Tityre.

Il était bien temps, je vous prie, de hasarder cette affirmation, après la preuve qu'il en avait tout d'abord donnée!

— C'est bon! c'est bon! fit dame Rosaline, on vous croit! mais je tremble... Songez donc, ici, en plein air!

Tityre eut alors un argument sans réplique et ne trouva d'autre moyen de calmer les alarmes de sa belle maîtresse que de faire rouler sur ses joues fraîches et jusque sur ses épaules une avalanche de baisers.

— Eh! ma mie, s'écria-t-il, j'avais soif!

Chose curieuse! à mesure que ce galopin de Tityre se désaltérait, sa soif paraissait redoubler. Mais dame Rosaline avait de la raison pour deux.

Elle rougit un peu, baissa les yeux et d'une voix qui n'avait rien de cruel, murmura:

— Attendez jusqu'à ce soir, au moins!

— A ce soir, alors... Et où?

— Ma chambre est maintenant voisine de celle de la duchesse... Dans l'aile droite du château... Il y a deux colombes sculptées à la fenêtre... Je vous ai tissé une échelle de soie pendant votre absence, vilain chien-chien... On vous la jettera au moment opportun!

Eh quoi! vous exclamerez-vous: « Vilain chien-chien! » Une telle expression dans la bouche d'une si haute dame! Eh, mon Dieu, c'est que tous les amoureux parlent le même langage.

Tityre ne parut en aucune façon choqué de cette épithète, d'ailleurs. Elle lui sembla même grosse de promesses.

— Et maintenant, fit dame Rosaline, séparons-nous!

— Pas avant d'avoir repris un petit acompte, dit galamment Tityre...

— Oh! comme la guerre vous a rendu entreprenant, monsieur Tityre!

— C'est l'absence, cette grande absence qui m'a tant pesé, qui fait flamboyer mes désirs, madame Rosaline...

Dame Rosaline s'arracha à l'enlacement du page, et, tandis qu'il s'en allait par le chemin qu'il avait pris pour venir, elle pensait, toute frissonnante des baisers de Tityre, qu'il était dommage qu'on ne revînt pas tous les jours de la guerre!

CHAPITRE III

LA BELLE HERMIA

Ce sot personnage que cet Azémius, j'avais bien raison de vous le dire! N'avait-il pas imaginé pour satisfaire à je ne sais quelle loi surannée d'étiquette, d'enfermer la duchesse Hermia dans son palais pendant l'entrée du duc dans Zara?

Mais l'archi-chancelier avait le respect des traditions! Sa devise était celle que, quelques siècles plus tard, devait reprendre Brid'oison :« La fo-ôrme, la fo-ôrme ! »

En vain la duchesse, qui n'avait vu son époux qu'un jour — et une nuit, — avait-elle protesté, affirmant qu'elle adorait les militaires et que, contemplé du haut d'un balcon, le spectacle du défilé, conduit par Orsino, lui serait doux au cœur. Azémius avait ouvert un gros bouquin dont, en sa

qualité de chef du protocole et de gardien de la Constitution, il avait le dépôt, et lui avait lu un texte formel.

En conséquence de quoi, dans la salle du trône, la duchesse Hermia, entourée de ses dames d'honneur, attendait depuis le matin, s'ennuyant fort et maudissant l'étiquette. Encore si elle avait eu auprès d'elle la bonne Rosaline, sa favorite! Mais ce pleutre d'Azémius, emporté par son amour-propre d'auteur, n'avait-il pas exigé, usant de ses pleins pouvoirs, que Rosaline vînt surveiller l'exécution de sa cantate! Comme elle avait eu le bel accueil qu'elle méritait!

Pour une fois qu'un souverain a fait preuve de goût, je me serais vraiment reproché de ne pas avoir narré l'insuccès de la composition de l'archi-chancelier.

La garde du palais étant rangée des deux côtés du grand escalier, le duc Orsino fit donc son entrée dans la salle du Trône, précédé d'Azémius, qui ne voulait sacrifier, en ce jour solennel, aucune des prérogatives de sa charge.

— Il n'y a pas encore de cantate, au moins? demanda le duc qui se défiait.

Azémius leva tristement les yeux au ciel.

— Non, Altesse, dit-il avec mélancolie, il n'y a pas de cantate.

Et tout bas, il ajouta, à part lui, en grommelant :

— Et monseigneur fera écrire par son historiographe qu'il a protégé les beaux-arts!.... Croyez donc à l'histoire, après cela?

L'historiographe du duché se détachait d'un des groupes, précisément. La Constitution du duché l'obligeait à ne pas quitter le souverain, en temps de paix. On l'avait dispensé de suivre les guerres, de peur qu'il ne fût influencé par le spectacle des événements. Il en composait le récit du fond de son cabinet, mettant dedans la Postérité, sans se gêner. Il se nommait Exupère. C'était un pauvre sire,

d'assez médiocre apparence, et qui n'avait contre lui qu'une fatuité que rien ne justifiait. Il ne fallait pas qu'une dame de la cour laissât par mégarde tomber son mouchoir devant lui. Le seigneur Exupère s'imaginait aussitôt qu'il était l'objet de la plus flatteuse attention, et malheur alors à la belle sur qui pleuvaient les sonnets, acrostiches, rondeaux et autre menue monnaie de l'Amour patient.

Déjà le duc apercevait Hermia, et, écartant les gentilshommes de sa suite, s'avançait vers elle, lorsque Azémius lui présenta l'historiographe, soufflant sous le poids de deux gros volumes.

— Qu'est-ce ? fit Orsino impatienté.

— L'histoire de votre glorieuse campagne, Altesse, répondit le comte. L'usage exige que vous en entendiez la lecture...

— Tout de suite ?

— Sans doute !

— Et il n'y a pas moyen de s'en dispenser ?

— Aucun moyen.

De l'extrémité de la salle où elle se tenait, la belle Hermia fit au duc un adorable petit signe qui signifiait clairement : « Allons, résignons-nous encore... Comme nous nous dédommagerons tout à l'heure ! »

Le duc dut s'asseoir, entouré de toute sa cour, et Exupère, installé devant lui sur un coussin, commença.

S'il eût écouté, le duc, il eût appris, non sans quelque étonnement, qu'il avait défait les Dalmates à huit reprises, engagé douze batailles, pris six cents canons et tué neuf généraux de sa main. Et chaque fois qu'il arrivait à un de ces hauts faits, Exupère, se frottant les mains, semblait penser : « Attrape, la Postérité ! »

Mais Orsino avait l'esprit ailleurs, et le comte Azémius remarquait avec stupeur que, de loin, il ne cessait d'envoyer du bout du doigt, des baisers à la duchesse.

Et, à la vérité, c'est que le duc la trouvait charmante, sa femme ! Il la connaissait si peu ! (une bonne nuit est si vite passée) et c'était après une nuit unique qu'il avait dû se mettre à la tête de ses troupes! De vagues souvenirs lui revenaient à l'esprit, cependant, fort troublants et ne ressemblant en rien à l'évocation d'un cauchemar. Des blancheurs fermes de chair repassaient devant ses yeux; il croyait entendre encore de mignons soupirs, étouffés par des baisers... Puis, tout à coup, le son de la voix monotone d'Exupère le replongeait dans la réalité.

Azémius, triomphant, lui jetait des regards en dessous, interrompant de temps à autre l'orateur pour lui crier un : « Plus haut » qui exaspérait le duc.

— Ah! pensait Orsino, comme je te dégommerais, toi, si tu n'étais pas inamovible!

La pauvre petite duchesse ne s'amusait guère non plus, je vous prie de le croire! et sur son trône ciselé, elle se trémoussait terriblement.

Le duc avait assurément raison de la trouver charmante, dans sa robe de toile d'or à frisure d'argent, autour de laquelle s'enroulait une cordelière de perles, qui retenait son miroir. Ses cheveux blonds étaient enserrés sous un diadème de fines pierreries, diamants, saphirs, émeraudes, turquoises, bérils, perles et unions d'excellence. Mais sa beauté, toute simple, eût valu cette beauté si bien parée. Et Orsino qui, décidément, avait bonne mémoire, songeait au trop court moment où la duchesse lui était apparue, vêtue seulement, ou à peu près, en vertu des privautés conjugales, de sa grâce charmeresse. Je vous demande si, dans de telles dispositions, il pouvait goûter sérieusement le récit d'un historiographe, fussent des louanges nonpareilles qu'on lui jetât au visage !

L'insipide lecture prit fin, cependant. Le duc, de nouveau, fit un pas en avant. Mais il fut encore arrêté par le comte.

— Ah, pour le coup, s'écria Orsino, le diable soit de l'étiquette ! Je veux embrasser la duchesse.

Cette fois, Azémius eut un sourire qui intrigua le duc, et, d'une voix mielleuse :

— Pas avant la surprise ! dit-il.

— Ah, il y a une surprise ? fit Orsino d'assez méchante humeur.

— Voyez !

Une porte de la salle du trône venait de s'ouvrir et douze robustes et appétissantes filles apparurent.

C'était plaisir de voir leur gorge rebondie, que nulle entrave, sous le corsage de linon, n'emprisonnait. Ces aimables commères vous avaient un air de santé qui réjouissait.

— Fichtre ! dit le duc, les plantureuses personnes, mais m'expliquera-t-on....

— Attendez, Altesse !

Un orchestre — il y avait toujours des orchestres dans les plans d'Azémius — un orchestre attaqua une marche lente, et les dix grands dignitaires du duché firent leur entrée, portant avec précaution un berceau tout enrubanné.

— Qu'est-ce que c'est que cela ! s'écria le duc stupéfait.

— Ça, Altesse, répondit Azémius avec un geste superbe, c'est l'héritier de la couronne d'Illyrie !

La duchesse, toute rougissante, jouait avec son miroir, pour garder contenance. Mais elle eut tout à coup pour le duc un regard si tendre, et qui signifiait tant de choses que le bon Orsino sentit son cœur se fondre.

— Un enfant! s'écria-t-il... Et, soudain, faisant claquer sa langue, il ne put s'empêcher d'ajouter en lui-même: — Diable! nous n'avons pas perdu de temps!

Mais la fibre paternelle se révélait en lui! Il se précipita vers l'héritier, et le serra contre sa poitrine.

— Mon fils! dit-il.

La scène était touchante. Il n'était personne qui n'eût les larmes aux yeux. Une véritable humidité régnait dans la salle; elle fut partagée bientôt, à sa façon, par le noble baby lui-même.

Les nourrices s'empressèrent d'accourir, se disputant furieusement à qui aurait l'honneur d'offrir, en présence du duc, le sein à l'illustre nourrisson. La dispute faillit même dégénérer en mêlée. Mais un chambellan rétablit l'ordre en choisissant, de lui-même, la plus opulente des poitrines.

— Eh bien, seigneur, demanda Azémius, qui luttait désespérément, par une vieille habitude de courtisan, pour obtenir un compliment, que dit votre Altesse de la surprise?

Orsino n'écoutait plus. Il avait franchi l'espace qui le séparait de la duchesse, et la belle Hermia, à bout de patience aussi, était tombée dans ses bras, au grand scandale des vieilles, maigres et sèches demoiselles d'honneur, déplorables débris du précédent règne, qui avait été particulièrement gourmé.

Ces grands de la terre s'embrassaient comme de simples bourgeois, à bouche que veux-tu. Et c'étaient des questions, des compliments, des galants propos! Ah, ce n'étaient pas des fadeurs, je vous jure, qui se débitaient là! Mais de bons et braves épanchements d'époux qui se trouvent mutuellement fort à leur guise. La duchesse, pendant le discours d'Exupère, s'était précisément fait les mêmes réflexions que le duc : elle était tout simplement en train de trouver son époux le plus bel homme du duché.

— Ma chère Hermia ! s'écriait le duc, quelle joie de vous revoir... Et plus jolie, plus mignonne encore qu'autrefois!

Ci, quatre ou cinq baisers qui accompagnaient ces paroles. Mais le duc, ainsi que son armée tout entière, étaient depuis douze mois, comme j'ai eu l'honneur de vous le dire, dans un état de privation extrême de toutes les bonnes choses de l'existence.

La cour, vous le pensez bien, faisait une étrange figure devant ce tableau touchant, assurément, mais gênant à considérer. Orsino, tout entier à ses expansions, n'avait pas l'air de s'en apercevoir, bien que, discrètement, Azémius le tirât parfois par le bout de son manteau.

— Eh, c'est qu'il est superbe, mon fils ! ajoutait le duc, plein d'un légitime orgueil.

— J'ai fait de mon mieux, répondait modestement la duchesse.

— Bravo ! belle réponse, superbe fin de chapitre ! exclama tout d'un coup un maigre individu, que le duc découvrit collé à ses chausses et prenant des notes avec ardeur.

— Ah ça ! fit Orsino, qu'est-ce que c'est que cet animal-là ?

— Mais, Altesse, je recueille des renseignements sur votre glorieux retour, bégaya le pauvre diable ainsi interpellé.

Le duc avait reconnu Exupère.

— Tiens ! reprit-il en envoyant l'historiographe rouler à l'autre bout de la salle d'un coup de pied à la chute des reins, note donc aussi cela, pendant que tu y es !

C'est que, à la vérité, le duc Orsino commençait à s'impatienter pour de bon de l'indiscrétion de ses vassaux qui gênaient, avec une persistance un peu forte, ses transports les plus légitimes.

— Qu'on nous laisse ! dit-il.

Azémius fit un signe, et gentilshommes et dames d'honneur se retirèrent lentement. Quant à lui, il prit un fauteuil, s'y installa, tira de sa poche *le Moniteur d'Illyrie* du matin, et se disposa à le lire.

— Je vous suis infiniment reconnaissant de votre zèle, mon cher comte, ajouta Orsino, mais la duchesse et moi, nous n'avons plus besoin de vous.

— Votre désir, Altesse, serait-il d'entretenir seul à seul la duchesse ?

— Vous l'avez dit, seigneur archi-chancelier.

— En ce cas, Altesse, je reste.

— Hein ! s'écria le duc à qui la moutarde montait au nez.

Azémius ne parut en aucune façon s'inquiéter de l'attitude menaçante de son souverain.

— Je suis, poursuivit-il, le très humble serviteur de votre Altesse, mais j'ai le regret, mêlé d'honneur, de lui déclarer qu'un tête-à-tête avec sa femme lui est absolument interdit par la Constitution.

CHAPITRE IV

UN PEU D'HISTOIRE

Le duc, tout à fait hors de lui, croisa les bras et s'avança vers Azémius.

— J'aime fort les plaisanteries, dit-il ; j'ajouterai même que je les adore, mais... quand elles sont courtes.

— Mais, Altesse, fit Azémius, intimidé pour le coup, il ne s'agit pas de plaisanterie !

— Ah ça, mon bon, reprit Orsino, radouci malgré lui par l'air profondément navré de l'archi-chancelier, expliquons-nous ! J'arrive de la guerre, je viens de me consacrer à la gloire de mon pays... Suis-je un enfant en lisière ou un duc régnant ? Depuis mon retour dans mes Etats, vous ne me quittez pas d'une semelle. Vous savez que vous m'agacez, mon cher !

Azémius leva les bras au ciel et prit l'attitude d'un homme découragé et méconnu.

— Altesse, dit-il, au nom du ciel, accordez-moi un moment d'entretien... Il y va de la majesté de la couronne... Mais la présence de la duchesse...

— Au diable la majesté de la couronne en ce moment ! s'écria le duc.

Et allant prendre la main d'Hermia dont les beaux yeux avaient des langueurs tendres, il la reconduisit jusqu'à la porte.

— Ma mie, fit-il, faites-moi la grâce d'une minute de patience... Ah! c'est un lourd fardeau que celui du pouvoir, ajouta-t-il avec un soupir... Le temps d'éconduire ce bélitre, et je suis à vous.

Ce devoir de courtoisie accompli, le duc vint s'asseoir en face d'Azémius, tira sa montre, et, très calme, reprit :

— Je vous accorde, dix-neuf secondes.

— Hélas! Quand votre Altesse m'aura entendu... C'est pour moi... un devoir pénible... mais le respect de la Constitution.

— Vous avez ce mot-là plein la bouche... qu'y a-t-il enfin ?

— Altesse, on est homme, bien qu'archi-chancelier!... Croyez que je m'associe vivement... d'autant que la beauté de la duchesse... mais il faudra vous résigner à ne plus jamais lui parler et la voir... sans témoin...

— Sans témoin ?... vous êtes fou !

— J'imagine fort bien, Altesse, qu'après un an où tout entier... Il a y heureusement des compensations... L'intendant des menus-plaisirs sera tout à vos ordres...

— La peste soit de l'énigme... Vous parlez turc je pense...

— Plût à Dieu, Altesse, que je pusse me dispenser de la mission qui m'incombe ! Daignez toutefois m'écouter. Votre glorieux ancêtre Orsino Ier, époux de l'incomparable Viola, éprouvait pour elle une furieuse passion. De leur union naquirent quatre enfants... quatre fils.

— Est-ce une conférence ! seigneur Azémius ?

— Attendez, Altesse. Je dis donc : quatre fils. Orsino Ier mort, l'aîné fut appelé à lui succéder. Mais ceci ne faisait point l'affaire de ses frères, qui trouvaient fort mauvais d'être réduits à le regarder manger seul dans l'assiette au beurre...

— Vous êtes trivial, comte !

— L'histoire a de rudes enseignements, Altesse, je suis sincère, voilà tout. Or donc, qu'arriva-t-il ? Entre Orsino II et les autres fils du monarque défunt, une guerre sans merci éclata. Guerre funeste, Altesse ! et qui faillit ruiner le duché ! Orsino II vainqueur, fit couper la tête à ses frères, et la Diète d'Illyrie, pour empêcher le retour de ces dissensions intestines, prit alors une décision énergique... C'est à cette décision constitutionnelle qu'il faut aujourd'hui vous soumettre...

— Vous me faites trembler...

— La loi était sage, cependant... et logique, ce qui n'est pas le fait de toutes les lois... Pour éviter les futures compétitions au trône, il fut voté, à l'unanimité, — il y eut même une voix en plus — que le duc régnant ne saurait avoir plus d'un enfant... Une fois l'héritier mis au monde, le duc et la duchesse devaient vivre, l'un envers l'autre, sur le pied d'une intimité... moins intime... Le ciel, Altesse, a béni votre union : vous comprenez, maintenant...

— Mais, mon cher comte, s'écria le duc avec emportement, votre loi est stupide !

— Elle est inscrite dans la Constitution !

— D'ailleurs, moi, je n'ai été marié qu'un jour...

— Cette circonstance, toute à l'honneur de votre Altesse, prouve qu'elle a horreur du temps perdu...

— Enfin, j'adore ma femme ! Je la trouve charmante...

— Votre Altesse serait bien difficile s'il en était autrement... Mais votre Altesse doit obéir à la Constitution.

— Et alors?

— Alors, Altesse, en ma qualité d'archi-chancelier, je suis chargé de veiller à l'exécution de la loi : j'en réponds sur ma tête, à moi, et j'ose vous avouer que j'y tiens... Ah ! c'étaient des députés qui ne badinaient point que les membres de la Diète de ce temps-là !

Le duc se promenait à grands pas, de long en large, dans la salle, frappant du pied par moment.

— Tranchons le mot, fit-il; je suis gardé à vue?

— Tant que votre Altesse se trouvera en compagnie de la duchesse, je serai dans la dure obligation de surveiller respectueusement ses faits et gestes et de modérer humblement ses transports, s'il y a lieu...

Azémius, après s'être incliné en prononçant ces mots, quitta subitement le ton officiel et se pencha à l'oreille du duc.

— Mais, reprit-il en clignant de l'œil, il n'y a pas qu'une femme au monde... *una avulsa non deficit altera...*

C'était bien le moment, je vous le demande, de faire montre de citations latines.

— Allez au diable ! dit le duc.

— J'irais volontiers pour obéir à votre Altesse, dit Azémius, en plat courtisan qu'il était, mais je ne puis véritablement la quitter en ce moment... Votre Altesse n'aurait qu'à piétiner sur la Constitution !

— Et il y a des gens qui nous envient, nous autres grands de la terre ! s'écria le duc dans un beau mouvement lyrique, en jetant avec colère ses gants qu'il froissait depuis un instant à les déchirer... Or ça, reprit-il, nous allons bien voir ! Qu'on aille me chercher les jurisconsultes de service !

La Constitution d'Illyrie était fort embrouillée, aussi avait-on pris le parti, en raison des discussions nombreuses qui surgissaient à tout moment, de créer une bonne douzaine d'emplois de jurisconsultes, dont trois se trouvaient toujours en permanence au palais, prêts à trancher les difficultés qui surgissaient.

Azémius frappa dans ses mains : un laquais parut. Il lui donna un ordre. Au bout d'un instant, une toux lointaine annonçait l'arrivée des trois vénérables représentants de la magistrature d'Illyrie. Je dis vénérables, car vous pensez bien que les jurisconsultes n'étaient pas des gamins : en ce pays modèle, les hautes fonctions se donnaient aux gens graves sur les lumières desquels on pouvait compter, et non au premier intrigant venu.

Les jurisconsultes firent donc leur entrée, précédés d'un aspirant jurisconsulte qui traînait le livre

sacré des lois sur un vaste pupitre à roulettes : C'était en effet un in-quarto de tel poids que, sans cette précaution, un homme eût plié sous le faix.

Azémius les présenta au duc :

— Messires Igitur, Ergo et Pisistrate, légistes experts, docteurs ès-sciences philosophiques et éthiques, conseillers élus de la couronne.

Messires Igitur, Ergo et Pisistrate s'inclinèrent profondément... et se relevèrent vivement en poussant, avec une unanimité qui témoignait de leur touchant accord, la même exclamation :

— Aïe ! mon lombago !

L'aspirant jurisconsulte se hâta de déployer les trois pliants qu'il portait sous son bras et installa sur chacun d'eux, l'un après l'autre, ses respectables professeurs.

Que diriez-vous d'un bout de présentation de ces trois personnages? Car enfin, si l'on ne gagne pas toujours à se connaître, il est du moins convenable de faire semblant d'y trouver quelque charme.

Igitur était un homme grave, vieilli dans l'étude des textes les plus occultes, auxquels il n'avait d'ailleurs jamais compris un traître mot. Il avait la dignité professionnelle, portait une longue barbe blanche et s'endormait le plus souvent au milieu de ses consultations. Ergo, après avoir servilement répondu à toutes les complaisances qu'exigeait de lui le gouvernement, s'était fait une telle réputation de bassesse qu'il était devenu un fonctionnaire indispensable. C'était un homme souriant, ne livrant jamais sa pensée par la raison qu'il ne pensait à rien du tout et faisant fort bon effet, au milieu d'un tribunal. Quant au seigneur Pisistrate, celui-là était arrivé par les femmes, et, en dépit de ses soixante-douze années, il était demeuré fort ardent, se plaisant aux équivoques grivois et ayant acquis une célébrité dans le jugement des causes grasses.

A quoi tiennent nos destinées! Ce galantin hors d'âge était, à l'heure présente, le seul appui du duc Orsino. Ce fut au moins le seul qui témoigna de quelque pitié pour son cas déplorable!

Car, au premier mot du duc, Igitur et Ergo se récrièrent; Igitur parce qu'il se récriait toujours, par une habitude qu'il lui eût été pénible de changer et parce qu'il avait ainsi l'air plus au courant des choses; Ergo parce qu'il estimait qu'on devait toujours faire mettre le prix aux services que l'on attendait des gens.

Le duc, laissant de côté l'orgueil de sa race, s'humiliait, essayait de prendre un ton bon enfant.

— Voyons, disait-il, d'un air patelin, n'y a-t-il pas moyen de s'arranger... Est-ce qu'il n'y aurait pas quelques petits atermoiements avec cette méchante Constitution?

— Oh, oh! ah, ah! répondirent les jurisconsultes.

—Car enfin, poursuivit le duc, elle est singulièrement tyrannique!

Les jurisconsultes levèrent les bras au ciel.

— Tyrannique! firent-ils.

Il y eut un silence. Ces hommes graves avaient besoin de se remettre d'une telle émotion.

— Mettons tyrannique, soit, dit Ergo. Tyrannique, mais bienfaisante. Depuis que cet article de loi existe, avons-nous eu à redouter l'ombre d'une guerre civile? Toujours le fils a succédé à son père, et comme il était seul, il ne courait point risque de se disputer avec ses frères!

— C'est logique! soupira Igitur, qui bâillait déjà.

— Mais enfin, reprit le duc, qui se débattait de toutes ses forces, si c'était une fille, au lieu d'un fils, que la duchesse mît au monde?

— Ce n'est jamais une fille.

— Et si c'étaient deux jumeaux?

— Ce ne sont jamais deux jumeaux!

— Mais enfin d'autres ducs que moi n'ont-ils jamais aimé leur femme?

— Les ducs d'Illyrie n'ont jamais aimé leur femme!

— Ce qui ne les empêchait point d'être des gaillards! ajouta Pisistrate, qui pensait toujours à la gaudriole.

Ergo hésitait depuis quelques instants. Il se demandait de quel côté était son intérêt. Plaire au duc était certes chose importante. Mais dans un pays aussi constitutionnel que l'était le duché d'Illyrie, il était sans doute plus sage de se poser en gardien farouche de la loi. Le ministère de la justice allait précisément être vacant.

— Messieurs les jurisconsultes, dit le duc, je suis assurément le souverain le plus malheureux du monde..... Transigeons !.... Souvenez-vous que je viens de subir les exigences d'une longue campagne et que je n'ai vraiment pas eu le temps de connaître suffisamment mon épouse... Je suis le maître, je dois donc vous obéir... Mais accordez-moi un délai d'un mois, d'un tout petit mois... Je vous jure qu'après je me conformerai à la loi !

— Eh, eh ! fit Pisistrate, la proposition serait assurément raisonnable. Qu'en dites-vous, Igitur ?

Igitur, réveillé en sursaut, allait acquiescer d'un signe de tête. Un regard courroucé d'Ergo le retint.

— Si son Altesse avait votre âge, Pisistrate, dit-il, cette transaction serait peut-être acceptable...

— Comment, mon âge ! s'écria Pisistrate regimbant, mais il me semble que je suis encore fort vert ! Et, si je n'étais discret, je pourrais vous prouver...

— Messieurs, messieurs ! exclama Azémius intervenant, du sang-froid, je vous prie... La situation est grave !

— Huit jours ! supplia le duc.

— Impossible !

— Quatre !

— Impossible !

— Deux... deux seulement !

— Eh ! Monseigneur, dit cette canaille d'Ergo, qui suivait son plan, que dirait l'opposition ! Dans la libre Illyrie, le duc règne et ne gouverne pas... Ernesto, ajouta-t-il en s'adressant à l'apprenti jurisconsulte, ouvrez la Constitution à la page 137.

— 138 ! fit Pisistrate, vexé des tracasseries d'Ergo.

— 139 ! murmura doucement Igitur, à demi assoupi, et qui voulait avoir l'air de prendre part au débat.

Le duc Orsino suait sang et eau. Il se trémoussait, depuis un instant, comme un diable dans un bénitier. D'un coup de pied, il fit tout à coup rouler à terre le livre auguste de la Constitution.

— Ah c'est ainsi ! s'écria-t-il. Ah, vous y tenez tant que cela à votre Constitution, ah vous voulez m'empêcher d'embrasser ma femme, eh bien, arrangez-vous comme vous pourrez... J'abdique.

D'un geste énergique Orsino se débarrassa en même temps de sa couronne et l'envoya rejoindre l'in-quarto.

— Oh ! dit l'archi-chancelier scandalisé.

Et ramassant l'insigne du pouvoir, il l'essuya pieusement du revers de sa manche.

— Altesse, répondit Ergo en assujettissant sa toque sur sa tête, vous insultez la nation !

— Zut ! reprit Orsino furieux.

Et il se dirigea vers la porte qui donnait accès aux appartements de la duchesse. Azémius n'eut que le temps de le saisir par son manteau...

— Altesse ! cria-t-il effaré, vous n'avez pas le droit d'abdiquer !... Les ducs d'Illyrie sont inamovibles !

Au milieu du désordre de cette scène tragique, les jurisconsultes avaient quitté leur place, et Ernesto, résigné, repliait tranquillement les pliants. Tous se cramponnaient désespérément au manteau d'Orsino, qui luttait contre eux. Enfin le duc, découragé, se rassit et mit sa tête dans ses mains.

Pisistrate se glissa auprès de lui :

— J'ai un cœur, moi, Altesse, lui dit-il à voix

basse, je vous comprends, moi !... J'ai aimé aussi, moi !

— Pas même le droit d'abdiquer ! fit Orsino. Pas même le droit de donner ma démission ! de faire rayer mon nom de l'almanach de Gotha... pas même le droit de me mettre en grève ! Eh bien ! pour un souverain tout-puissant, je puis dire que je suis un drôle de souverain !

CHAPITRE V

AZÉMIUS VEILLE

Avec la perspicacité que je me plais à vous prêter, vous pensez bien que le duc Orsino, lorsqu'il fut demeuré seul, après ces dramatiques événements, n'eut rien de plus pressé que de s'efforcer d'entrer chez la duchesse. Hélas ! un gigantesque verrou, aux armes ducales, était placé sur la porte. Azémius veillait !

Découragé pour de bon, le pauvre duc s'était assis mélancoliquement sur son trône. Et, à la vérité, il formait, à lui seul, un sujet de tableau historique tout à fait édifiant : « Monarque méditant sur la vanité du pouvoir. »

Le monologue auquel il se livrait depuis un quart d'heure n'était pas fait pour rendre la sérénité à son visage. Ce monologue, au reste, ne se composait guère que de ces mots, piteusement jetés aux échos de la salle :

— Je l'aime... je n'ai jamais aimé ainsi... que faire... que faire ?

Et le page Tityre, sortant de derrière une tapisserie, apparut subitement.

— Toi ! fit le duc, subitement ragaillardi par la vue du gentil page, un garçon à qui la tristesse était chose inconnue.

— Moi-même, Altesse ! Et je ne vous demande pas de confidences... Par la raison toute simple que je suis déjà au courant de la cause de vos noirs soucis...

— Mais comment sais-tu ?...

— J'ai pris de longue date l'habitude d'écouter aux portes. C'est encore le moyen le plus pratique que j'aie trouvé d'être toujours bien renseigné.

Ce diable de Tityre était fait pour dissiper, par sa seule présence, les humeurs les plus hypocondres. Il avait encore un autre mérite, c'était d'arriver toujours au bon moment. Dans le cas actuel, son intervention ne pouvait être plus opportune.

— Puisque je n'ai plus rien à t'apprendre, mon pauvre Tityre, dit le duc, tu sais que je suis le plus infortuné des souverains...

— Bah! fit Tityre, le tout est de prendre un parti.

— Un parti?

Tityre, qui jouissait, auprès du duc, d'immunités diverses, croisa les bras, haussa les épaules, et regardant Orsino bien en face :

— Est-ce que vous tenez tant que cela à la couronne?

— Moi! jamais je n'ai trouvé coiffure plus embarrassante!

— Alors...

— Alors?

— Envoyez-la promener!

— Mais je ne peux même pas abdiquer!

— Abdiquer, non. Mais vous en aller?

— M'en aller?

— Altesse, dit Tityre gravement, ce que nous avons fait pendant un an pour le service du pays en face de l'ennemi, nous pouvons bien le faire pour nous-mêmes... Fuyons!

Le duc eut un cri de joie!

— C'est une idée, ça!

Mais, soudain, il redevint soucieux.

— Fuir, c'est facile à dire! Mais un souverain ne s'échappe pas de ses Etats comme un simple banquier qui file vers d'autres contrées!

Tityre s'assura, en faisant le tour de la salle, qu'aucune oreille indiscrète ne se trouvait appuyée derrière les tentures.

— Et quand même! poursuivit le duc, fuir seul ne me sourit guère... Ces petites parties-là ne se font bien qu'à deux.

— Mais c'est bien ainsi que je l'entends ! Voyons, Altesse, je puis tout vous révéler... Eh bien, j'ai des intelligences dans la place assiégée par vous.

— Toi !.. Ah ! du coup, je te fais officier de l'ordre du mérite civique !

— Inutile, dit Tityre, puisque vous n'êtes plus rien... D'ailleurs, je suis désintéressé, et les hochets de la vanité ne me tentent pas. J'en tiens davantage pour les récompenses qui se manifestent par de bons et sonores baisers... Dame Rosaline — soyez discret, au moins — dame Rosaline, la femme du seigneur Azémius (le diable ait bientôt son âme !) est fort de mes amies... Et vous n'ignorez pas qu'elle est chargée de surveiller la duchesse ?

— Où veux-tu en venir ?

— A ceci, Altesse, que, puisque la sotte Constitution de cet Etat s'oppose à ce point aux manifestations du plus légitime des amours, il faut gagner au plus vite un pays où de s'aimer en paix on ait la liberté !

— Tu parles d'or, Tityre, mais comment ?

— Écoutez, Altesse. J'ai ce soir même, un rendez-vous avec dame Rosaline... Elle a pour moi des bontés telles que la gagner à notre cause sera chose facile... Je l'avertis de ce qui se passe... elle avertit à son tour la duchesse... nous convenons d'un signal... On s'arrange comme on peut, mais, à la faveur de la nuit, vous enlevez la duchesse... et moi j'enlève Rosaline ! Mettons que ce soit de l'opérette, si vous voulez. Toujours est-il que demain nous sommes libres... J'oserai vous avouer que, quant à ce qui me regarde, je ne serai pas autrement fâché de jouer un vilain tour à messire Azémius.

— Et moi donc !

— On le pendra. Mais le beau malheur ! Et ce sera un exemple pour tous les gêneurs présents et futurs.

Orsino parut subir l'assaut d'un combat intérieur.

— C'est à merveille, dit-il, et tu raisonnes comme un ange... Mais ma dignité... Crois-tu vraiment ?.. Que dira l'histoire ?

— Bah ! Altesse, Exupère est là pour arranger l'histoire... Ce n'est pas un si mince événement qui pourra le gêner !

— Oh ! fit Orsino, tu me sauves, Tityre, et la chose est exquise ! Quitter nuitamment son duché, enlever sa femme, berner ses ministres, c'est parfait, mais...

— Je réponds de tout ! Laissez-moi agir à ma guise... Jusque-là, Altesse, daignez avoir l'air d'être devenu raisonnable... La diplomatie, voyez-vous, consiste uniquement à paraître résigné à ce qu'on ne saurait accepter... Je vous quitte, il ne faut pas qu'on se doute de rien !.. Nous nous reverrons tout à l'heure...

Et Tityre, enjambant lestement une des croisées de la vaste pièce, eut bientôt disparu...

— Ce garçon-là est vraiment précieux, dit le duc... mais, dissimulons.

Il s'accouda à l'une des fenêtres. Le soleil se couchait radieusement dans la mer que tachaient ça et là des plaques d'ombre. Au pied du palais, les flots venaient mourir doucement avec des mur-

mures affaiblis de caresse. C'était l'heure apaisée et divine où les passions humaines semblent se fondre dans le calme consolateur de la grande nature...

— O Nuit! fit Orsino, qui se sentait inspiré par le splendide spectacle qu'il avait sous les yeux, hâte-toi d'étendre ton noir manteau sur la ville!.. Si tu savais ce que j'attends de ton ombre tutélaire!

CHAPITRE VI

LA FÊTE DES CORPORATIONS

LE duc profita de ce qu'il dissimulait pour faire un excellent et réconfortant dîner, arrosé de tous les crus d'Illyrie, qui, en ce temps-là, jouissaient d'une réputation particulière.

Azémius, qui présidait au service, n'en revenait pas : jamais Orsino n'avait paru de meilleure humeur. Et quel appétit ! Il dévorait comme quatre et buvait comme huit.

— Quel apéritif qu'une campagne de douze mois! s'écriait le duc.

Les grands dignitaires avaient été admis à l'honneur insigne de venir contempler Orsino mangeant. La cour était rangée autour de lui. Des billets avaient été distribués aux notables de Zara, qui s'empilaient dans une tribune pour assister à ce mirifique tableau d'un monarque engloutissant les plus appétissantes victuailles. Quant aux ambassadeurs des puissances étrangères, ils avaient, comme bien vous pensez, une estrade spéciale.

— Dissimulons, dissimulons! continuait à se dire Orsino.

Et, élevant son verre, il but au bonheur de son peuple.

Et comme une clameur d'enthousiasme montait :

— Attends, attends, mon bon peuple, pensait-il, tu seras bien étonné, demain matin, quand tu chercheras ton souverain !

Mais c'était surtout pour Azémius que le duc se montrait bienveillant.

— Ce cher comte! disait-il, quel incomparable archi-chancelier !

Et détachant de sa poitrine un de ses grands cordons, il tint absolument à le passer autour du cou d'Azémius, au comble de la joie, et murmurant, à demi prosterné:

— Non... c'est trop, Altesse, c'est trop!

— Tiens! encore celui-là, faisait le duc, et celui-ci aussi... Pour ce que ça me coûte!

Au dessert, une délégation des artisans de *Zara* demanda à être introduite.

— Comment donc! dit le duc, mais qu'ils entrent... Ne suis-je pas là pour répandre mes bienfaits sur mes sujets...

Il refusa absolument d'entendre leur harangue avant qu'ils eussent accepté une collation. Les délégués étaient rouges d'orgueil. Ils vidèrent en conscience, toutefois, les coupes qui leur étaient offertes.

Puis leur syndic, s'approchant du duc, tira de son pourpoint un volumineux rouleau de papier. Certes,

en tout autre temps, Orsino eût frémi, mais la pensée de l'excellent tour qu'il allait jouer à son peuple le disposait à merveille.

— Un discours! fit-il, mais j'en raffole, j'en suis

fou ! Lisez, Monsieur le syndic, lisez, je vous en prie.

Pour le coup, Azémius faillit tomber à la renverse — ce qui eût été un fort dramatique événement, vu le mal qu'on aurait eu à le relever. Quel changement subit s'était donc opéré en l'esprit du duc ? Tout à l'heure encore, il l'avait vu se révoltant, au milieu d'une effroyable colère, contre les obligations de son métier de souverain ! Et maintenant il était affable, souriant, mieux que résigné, semblant trouver du charme à ses devoirs.

— C'est l'effet du dîner, pensait-il. Je puis respirer maintenant, je n'ai plus rien à craindre... Mais le diable m'emporte si je n'ai pas tremblé un instant à l'idée d'une catastrophe !.... Quand il aura donné audience à l'intendant des menus-plaisirs, je serai tout à fait rassuré !

Le syndic, je vous prie de le croire, ne se fit pas répéter l'invitation, car on ne saurait imaginer le nombre de gens qui aiment à porter la parole en public — n'eussent-ils, au reste, rien à dire. Mais la seule pensée de s'élever, un instant, au-dessus de leurs concitoyens, suffit à les ravir.

Le digne homme parla donc ; il abusa même de la permission, n'osant se flatter de rencontrer, de sa vie, une occasion pareille. Et ce qui l'enchantait, c'est que le duc hochait la tête, la relevait, la rabaissait, donnait enfin tous les signes convenus de l'attention la plus soutenue.

Peuples, qui vous flattez de voir vos doléances écoutées de vos souverains, parce qu'ils daignent ne pas vous interrompre, que cet exemple vous serve de leçon ! Car je vous jure que le duc Orsino avait fichtre d'autres pensées en tête que celles des nouvelles libertés à accorder aux corporations du duché !

S'il rêvait à quelque chose, pour le moment, c'était précisément aux moyens de n'avoir plus jamais à s'en inquiéter ; mais l'habitude des cours et la possession du pouvoir a des grâces non pareilles, et les puissants de ce monde n'ont jamais l'air plus complètement occupés au bien des petits et des humbles que lorsqu'ils s'en soucient précisément comme d'une guigne !

Quand le syndic eut terminé, au bout d'une bonne heure d'horloge, il pria le duc de vouloir bien honorer de sa sublime présence la fête populaire donnée dans la ville, à grand renfort de pièces d'artifice, et de bruyantes détonations d'armes à feu.

La lumière électrique n'était pas inventée en ce temps-là, mais je vous supplie d'être persuadés que ce n'est pas cela qui empêchait le spectacle d'être admirable et charmant.

C'était une nuit adorable d'été, toute bleue, et sur les toits follement bigarrés de la rieuse cité de

Zara, la lune, qui était de la fête, jetait des pâleurs imprévues, d'une transparence exquise. Pas une vague, maintenant, ne ridait la surface de la mer et les feux multicolores des bateaux du port se reflétaient dans les eaux, inondées de troublantes clartés. Sur le rivage, on avait allumé des feux de joie, dont les flammes capricieuses irradiaient de tons dorés les blancheurs de marbre des palais voisins. Des lanternes suspendues à des perches portées par d'alertes gamins, couraient en tous sens sur les places, semblant de voltigeantes étoiles, tandis que, plus loin, sur les hauteurs des remparts, des fusées étincelaient, retombant en l'air en gerbes diamantées. Et c'était surtout cette grande rumeur de fête,

qui monte en crescendo dans une ville comme une chanson reprise, à chaque refrain, d'une voix plus forte, cette griserie d'une populace insouciante, éperdue de bruit et de mouvement, et qui se rue en une orgie de liberté.

Des musiques venaient de tous les échos, apportant d'échevelés lambeaux d'airs de danses. Car on dansait alors, pour de bon, pour le plaisir de se secouer les jambes, et non en sale et malsain chahut, et il fallait voir comme les gars enlevaient vaillamment, à la ritournelle, les accortes commères qui se pâmaient dans leurs bras...

Le duc descendit, accompagné de ses ministres et de la cour, pour prendre place sur l'estrade qui lui avait été préparée, et d'où il devait assister au défilé des corporations, apportant chacune le chef-d'œuvre qu'elles offraient au souverain. C'est ainsi qu'Orsino se trouva successivement possesseur, en peu de temps, d'une magnifique douve donnée par les tonneliers, d'un incomparable calorifère, exécuté par les poêliers-fumistes, d'une seringue à musique, confectionnée tout exprès par les bandagistes et d'une pompe à purin, tribut de l'honorable corps des constructeurs-mécaniciens...

Près du duc, Azémius se tenait, selon l'usage de ces sortes de solennités, ayant devant lui une pile de brevets de décorations : il en remettait un, accompagné d'un bienveillant sourire, à chaque doyen des corps et métiers.

Quand les chefs-d'œuvre se furent amassés en pile devant l'estrade ducale — « une jolie boutique de bric-à-brac, » pensait Orsino — le bal des corporations commença.

Le duc, qui suivait son idée, déclara alors qu'il tenait essentiellement à danser le premier quadrille avec la femme du syndic : déclaration qui fut accueillie avec transport par le populaire, au grand scandale des membres du parti ultra-conservateur, qui tenait au maintien des distances.

La nuit s'avançait et à la lueur fumeuse des lampions, la gaieté devenait plus bruyante. Les têtes s'échauffaient, l'air apportait de tièdes effluves, un vent éperdu de folie commençait à souffler...

Cependant, Tityre avait peu à peu rejoint le duc. Il profita d'un instant où Azémius avait la tête tournée pour échanger avec lui quelques paroles rapides.

— Tu crois ! répondit le duc, dont le visage s'éclaira.

— Faites, Altesse, et je réponds du succès. L'important, en ce moment, est de détourner l'attention... A l'heure qu'il est, la duchesse et Rosaline ont quitté le palais.

— Et nul danger d'être reconnues ?
— Aucun, quand j'ai pris congé d'elles, elles

venaient de revêtir deux fort galants costumes de nonnes que je leur avais procurés... Soit dit en passant, Altesse, la duchesse était charmante ainsi... Je ne vous parle pas de Rosaline, que j'ai mille raisons pour trouver à mon gré... Je dois ajouter, au reste, qu'elle n'a fait aucune difficulté pour nous suivre et que le souvenir du seigneur Azémius ne l'a pas beaucoup retenue...

— C'est fort bien, mais tu avais d'abord parlé d'enlèvement... Ce projet m'allait mieux.

— Eh, Altesse, y songez-vous ?... J'y avais d'abord pensé, il est vrai, mais voyez un peu combien de difficultés ! Un rien pouvait ébruiter nos plans, un éclat était à craindre, et alors, adieu la liberté, adieu l'amour !... Tandis que la duchesse et Rosaline s'en vont de leur côté, n'ayant pas même mis une femme de chambre dans la confidence... A minuit, elles prennent la diligence, où leurs places ont été retenues par moi... Nul ne pourrait en tout cas distinguer leurs traits ; mais, par cette nuit de fête, les voyageurs ne seront pas nombreux. Tout est donc supérieurement combiné ! De notre côté, nous disparaissons tout à l'heure, nous prenons une voiture de louage et demain matin...

— Demain matin ?

— Demain matin, Altesse, nous nous retrouvons tous les quatre à Monte-Cascade, la plage à la mode, le dernier endroit où l'on aura l'idée d'aller nous chercher ! Là nous aviserons...

— Allons, tu es un adroit coquin, Tityre, tu avais le génie de l'astuce... Tu m'aurais gagné une couronne si j'en eusse souhaité une, au lieu de jeter la mienne par-dessus les moulins !

— Encore une fois, éloignez Azémius, et augmentez le tumulte de la fête... je veille et je vous rejoindrai lorsqu'il le faudra...

Tityre disparut, et Orsino, paraissant tout entier à l'animation de cette nuit mouvementée, s'écria qu'il ne voulait point demeurer en reste de politesse avec son peuple, et que, en conséquence, il allait le régaler.

— Or ça, fit-il, qu'on aille chercher dans mes propres caves des tonneaux de vin, et du meilleur, et qu'on les éventre sur cette place, à la satisfaction des buveurs d'Illyrie !

Azémius allait hasarder des représentations, lorsque Orsino le prit par son côté faible.

— Je ne sais ce que j'avais ce matin, ajouta-t-il... Votre cantate devait être charmante. N'y aurait-il pas moyen de l'ouïr maintenant ?

— Comment donc ! dit Azémius, dont les larges oreilles rougissaient de plaisir... le temps de rassembler mes musiciens, et le concert commence.

— Va, va, mon bonhomme, pensa le duc... Tu verras à quoi servent les cantates.

— Décidément, murmurait de son côté Azémius, mon aimable souverain est aussi gai quand il a bien dîné qu'il est désagréable lorsqu'il est à jeun.

Oh ! le maître jobard que cet Azémius, pour un homme d'État, et comme il avait bien en lui l'étoffe d'un politique, n'est-ce pas ? Heureusement que M. de Talleyrand devait venir un jour et apprendre à ses successeurs dans la carrière que la parole nous a été donnée pour déguiser la vérité. Mais il était de toute impossibilité, alors, qu'Azémius eût reçu des leçons de M. de Talleyrand.

Orsino regardait l'archi-chancelier courir à la recherche de ses chanteurs, quand Tityre se glissa près de lui.

— Venez, lui dit-il à l'oreille : il est l'heure !

D'un geste, il lui montrait, en même temps, le bon peuple d'Illyrie, titubant à plaisir et cherchant à extraire encore des tonneaux défoncés quelques gouttes du troublant liquide. La scène était singulièrement rabelaisienne et pittoresque. Là, d'héroïques ivrognes, tenant encore le gobelet à la main, juraient de ne pas s'avouer vaincus ; mais ils roulaient bientôt à terre, d'où ils ne se pouvaient

relever. D'autres étaient depuis longtemps couchés sur le sol, cuvant béatement leur vin au milieu de flaques rouges d'où s'exhalait un fort parfum. D'autres encore se soutenaient fraternellement,

allant d'une table à l'autre, mais c'étaient les plus rares ! A dire le vrai, la ville de *Zara* tout entière était abominablement grise. Maintenant c'était un ronflement formidable qui montait dans l'air, succédant aux cris, au brouhaha de tout à l'heure.

Tout en enjambant lestement, à la suite de Tityre, les corps engourdis de ses fidèles sujets, le bon duc Orsino, contemplant cette armée de pochards étendus, faisait de profondes réflexions sur le métier de souverain qu'il allait quitter.

— Voilà pourtant, pensait-il, un sûr moyen d'empêcher les révolutions... Ce qui prouve décidément que le vin est bien le remède à tous les maux...

Tityre s'arrêta à un coin de rue, devenu désert, et que n'éclairait plus que faiblement un bout de torche qui achevait de se consumer.

— Faites comme moi, Altesse, déshabillez-vous vite !

En un clin d'œil, il avait défait son pourpoint. Il avisa un honnête artisan absolument ivre-mort, lui enleva rapidement ses vêtements et les échangea contre les siens.

Pendant ce temps, le duc en agissait de même avec un des compagnons de l'ivrogne, le dépouillait de sa casaque, lui jetait son manteau sur les épaules et le coiffait même de sa toque surmontée d'une petite couronne.

Le pauvre diable ainsi secoué, poussa un grand soupir, étendit les bras, inconscient, et retomba dans son profond sommeil, ne bougeant pas plus qu'un terme.

— Eh ! vive Dieu ! le déguisement est parfait, fit joyeusement Tityre. Le diable lui-même ne nous saurait reconnaître. En route !

Ils se glissèrent le long des murailles, achevant, tout en marchant, de s'accoutrer plus décemment.

***

Qui se lamentait, tandis que le duc Orsino abandonnait si allègrement le fardeau du pouvoir pour courir sur les traces de sa femme ? C'était le seigneur Azémius qui, après avoir battu le rappel de tous les côtés, n'avait pu trouver que trois musiciens demeurés valides et en état d'attaquer la malheureuse cantate.

Encore l'un d'eux, qui, depuis quelques instants était particulièrement langoureux, s'étendit-il subitement de tout son long sur l'estrade, confiant brusquement au ruisseau le secret de la rêverie qui l'oppressait.

— Pouah ! fit Azémius tout éclaboussé, en se reculant vivement. Eh bien, elle est jolie, cette nuit, la ville de Zara ! Voilà qui est d'un bel exemple pour l'histoire !

CHAPITRE VII

DEUX DAMES EN VOYAGE

UIVONS un peu, je vous prie, la belle Hermia et sa fidèle Rosaline dans les péripéties de leur escapade. Aussi bien ne suis-je pas fâché de laisser ce sot Azémius bouche bée, en pleine déconfiture, et n'ayant à contempler qu'un horizon d'ivrognes.

Vous pensez bien que ce n'est pas sans émotion qu'elles avaient suivi, à la lettre, les instructions du page Tityre, et que leur pauvre petit cœur battait terriblement fort quand elles quittèrent le palais, sous leurs habits de nonnes.

Mais, ainsi que l'avait constaté Tityre, elles étaient tout à fait charmantes sous la robe de bure, et comme elles s'étaient regardées dans la glace, avant de partir, cette opinion, à laquelle elles s'étaient facilement soumises, leur avait rendu un peu de courage. D'ailleurs, l'aventure était si drôle! Si bien qu'au bout de quelques instants, elles s'étaient mises à rire franchement de leur équipée. Elles, qui ne se souciaient point de ce que diraient les journaux, le lendemain, elles ne songeaient qu'à ceux qu'elles allaient retrouver, — la duchesse à Orsino qui, si galamment abandonnait pour elle sa couronne et son duché, et Rosaline à ce sacripant de Tityre, qui l'avait décidément ensorcelée.

Pour qu'aucun détail de cette histoire ne vous soit inconnu, je vous dirai, en confidence, que Rosaline avait trouvé l'idée du page toute simple, et que, lorsqu'elle en avait fait part à Hermia, celle-ci n'avait pas songé une seconde à y trouver la moindre objection. Rappelez-vous, au reste, que la journée avait été dure pour elle, et qu'elle n'avait fait, pour ainsi dire, qu'apercevoir son mari — juste assez pour désirer, tout ce qu'il y a de plus vivement, de continuer en particulier l'entretien commencé, gros de promesses.

Et puis, elle se révoltait, elle aussi. Elle, qui n'entendait rien à la politique, elle trouvait cette loi, subitement retrouvée dans la poussière des parchemins, tout simplement révoltante.

Pour Rosaline, outre qu'elle souhaitait fort, également, la suite de la conversation ébauchée avec Tityre sous une estrade, elle éprouvait un plaisir infini à tromper son mari, cet ennuyeux personnage dont elle n'avait jamais eu que déceptions.

Voici donc nos belles installées dans la lourde patache qui, en ce temps-là, faisait le service de Zara à Monte-Cascade — une trentaine de lieues tout au plus. — Avec quelles précautions elles se glissèrent dans la voiture, rabattant leur long voile sur leur visage, je vous le laisse à penser! Mais que le temps qui s'écoula avant que le postillon fouettât ses chevaux leur parut long ! Quelle affaire si elles étaient ainsi surprises ! Mais qu'était-ce en somme ? l'affaire d'une nuit. Et quel changement de tableau, le lendemain, à pareille heure !

Tityre avait sagement prévu qu'il n'y aurait pas affluence de voyageurs. Il ne monta personne dans la voiture.

— Eh bien, les petites mères, dit le conducteur en fermant la portière, au moment du départ, vous serez à votre aise !

Cette familière appellation ravit la duchesse, dont la liste des titres était habituellement si longue qu'elle ne pouvait l'écouter sans bâiller. Elle la rassura aussi, en lui prouvant que son travestissement n'excitait point de soupçons.

Alors Hermia et Rosaline se mirent à bavarder comme des folles. C'étaient des projets d'avenir, des confidences, que sais-je ? Elles prenaient leur revanche des maussades soirées passées au Palais, sous la surveillance des vieilles et sèches dames d'honneur.

La diligence roulait très vite, sur une route unie, berçant leur intime causerie. Tant et si bien que, brisées par tant d'émotions, elles finirent par s'endormir profondément.

Je vous vois venir ; vous voudriez savoir quels rêves agréables les faisaient ainsi sourire, malgré elles, mettant comme un rayonnement sur leur beauté. Et, mon Dieu, je n'ai aucune raison de ne pas satisfaire votre curiosité. Hermia et Rosaline rêvaient tout bonnement qu'au lieu de se trouver sur les banquettes crasseuses d'une voiture publique, elles chevauchaient à travers champs, en croupe sur les palefrois de leurs bien-aimés. Et considérez si ce n'est pas bien là l'imagination perverse des femmes ! Cette honnête voiture n'avait assurément rien de luxueux, mais sinon comme poésie, au moins comme confortable, elle offrait infiniment plus d'avantage, vous en conviendrez, qu'une course effrénée dans la noire campagne, sur un cheval partagé à deux !

Henri Heine a dit que, même après les larmes les plus sublimes, on finissait toujours par se moucher. Les chevauchées les plus héroïques se terminent toujours aussi par de belles et bonnes courbatures.

Je finis cette digression bourgeoise. Voici qu'il s'agit bien de digressions en effet ! Des cris affreux réveillèrent tout à coup en sursaut les deux voyageuses. En même temps, la détonation d'un pistolet éclatait. Effarées, Hermia et Rosaline se précipitèrent à la portière. A cet instant, trois hommes terriblement barbus faisaient irruption dans le coupé de la diligence, dont les chevaux piaffaient, maîtrisés par une main solide.

— Ah, mon Dieu ! fit Hermia, ne pouvant douter qu'on les eût poursuivies, nous sommes perdues !

— Non pas, mes colombes, si vous voulez être gentilles ! répondit une grosse voix sortant d'une de ces barbes.

Les inconnus offraient le type classique du brigand légendaire, tel que monsieur Scribe devait, plus

tard, le fixer, pour la postérité, dans *Fra Diavolo*. Ils portaient des chapeaux tyroliens; une veste était jetée sur leurs épaules, ils avaient aux pieds des sandales, leur culotte de velours s'arrêtait au genou. Enfin ils étaient armés de formidables tromblons.

— Qui êtes-vous? demanda Rosaline, en cherchant à reprendre contenance.

— Nous sommes des voleurs de grand chemin, de bons petits voleurs très aimables! répliqua la grosse voix, mettant les plus horribles vibrations dans ce mot « voleur » comme s'il eût eu quatre *r*, au moins!

Les deux pauvres femmes se sentaient à demi mortes de frayeur. Hélas! à cette heure tragique, elles eussent encore préféré tomber aux mains d'émissaires d'Azémius!

— Descendons, mes poulettes, je vous prie, dit le bandit, enlevant Hermia dans ses bras, tandis qu'un de ses compagnons se chargeait de Rosaline.

En un clin d'œil, elles étaient étendues sur la route, les mains et les pieds liés.

Rosaline, tremblant comme la feuille, chercha à leur donner le change.

— Nous sommes de pauvres nonnes qui regagnons notre couvent.... On nous avait prises dans cette voiture par charité... Laissez-nous, messieurs les voleurs, et nous prierons Dieu pour qu'il vous fournisse une meilleure capture!

— Ah, ah! vous voyagez par charité, s'écria le chef des brigands; et fouillant sans façon dans les poches de Rosaline, il en retira une bourse pleine d'or, qu'il fit joyeusement sonner.

Rosaline, en effet, en femme prudente, avait eu soin de ne pas s'embarquer sans argent.

— Hélas! monsieur le voleur, c'est le produit d'une quête... Nous la rapportions à notre couvent!

— Cette somme sera beaucoup mieux dans notre poche, mes sœurs, reprit fort incivilement le détrousseur de chemins.

Ce malandrin, comme vous voyez, respectait fort peu notre sainte religion : au contraire de ses collègues d'Italie, il n'avait sur lui ombre de scapulaire ; c'était un brigand libre-penseur. De ces gens-là, il n'y a rien à espérer!

Non! Car il était même satisfait, le maudit, d'attester son mépris pour ce qu'il appelait les « antiques préjugés » et pour les ordres religieux.

— Eh mais, regarde donc, Priapus, dit-il à l'un de ses hommes en désignant Rosaline, la nonnain ne manque pas de grâce!

Priapus — il méritait son nom, le scélérat! — était fort occupé, au même moment à faire la même constatation au sujet d'Hermia. Le drôle eût été dégoûté, n'est-ce pas, s'il en eût jugé autrement?

Une idée infernale venait même de germer dans sa lubrique cervelle. Il était en train de dépouiller la malheureuse Hermia de son costume...

— A l'aide, au secours! criait-elle, en se débattant de toutes ses forces contre les grossières atteintes du misérable.

Le chef de la bande eut un mauvais rire.

— Tiens! fit-il, c'est une idée, ça! Et ses yeux s'allumaient d'une effroyable concupiscence.

Horribles, trop horribles détails! sous la main sacrilège de ces hommes de rien, tous les voiles qui cachaient la merveilleuse beauté des deux martyres tombèrent un à un, et la splendeur de ces corps divins s'offrit à leurs regards éblouis.

— Eh mais, blasphéma Priapus, ces épouses du Seigneur sont un simple morceau de roi!.... Il ne s'ennuie pas, le Seigneur!

— Merci de moi! pensait la triste Rosaline, en luttant de son mieux, ce n'était pas ce régal-là que j'avais espéré!

Le postillon avait été attaché également, mais c'était une maigre prise. Le capitaine joua à la magnanimité.

— Allons, dit-il en le déliant, je te fais grâce, à toi... Détale !

Le pauvre diable ne se fit pas répéter deux fois l'invitation, et la voiture eut bientôt disparu, au quadruple galop, sous les allées touffues de la forêt...

L'indignation, la stupeur, l'effroi, clouaient immobile l'infortunée Hermia. Sa pudeur surprise avait des effarouchements douloureux. Etre contemplée, nue, par ces marauds, lui causait une inexprimable suffocation..... Après cet affront, elle faisait bon marché de la vie.

Elle ressentit comme une brûlure lorsque Priapus appliqua ses lèvres lippues contre les siennes et, véritablement affolée, elle poussa un cri si aigu qu'il fit reculer même le brigand.

— Eh bien, eh bien, on résiste, dit-il, quand on vous fait des politesses !

— Ma robe, ma robe ! murmurait Hermia, je veux ma robe !

Ce sans cœur de Priapus avait des idées diaboliques. Il alluma un grand feu et jeta sur le brasier les habits des deux fausses nonnes.

Cette bravade fut d'ailleurs une grave imprudence. Comme Rosaline et Hermia poussaient toujours des plaintes à fendre l'âme à un rocher, un superbe juron retentit subitement et, à la lisière du bois, des formes humaines apparurent.

— Diable! dit le chef, pincés... Filons vite!

Il donna lui-même l'exemple, supposant que la maréchaussée était à ses trousses. En une seconde, tous s'étaient perdus dans la profondeur de la forêt.

— Au secours, au secours! répétaient Hermia et Rosaline.

— On y va, on y va, mesdames!

Et, au même moment, un cavalier d'assez bonne tournure, bien que son pourpoint fût en assez mauvais état, accourut.

— Ne regardez pas... fermez les yeux! criait Hermia.

— Eh, madame, lui dit Rosaline, ne décourageons pas notre sauveteur!.. La situation excuse tout!

— Jésus! reprit Hermia en se couvrant le visage de ses mains — sans songer qu'elle ne cachait pas, de cette façon, d'autres parties également agréables à considérer de son individu — il n'est pas seul !

Cinq ou six personnages, bizarrement accoutrés, avaient suivi en effet le premier. Je me hâte de dire que, malgré le délabrement de leurs vêtements, ils n'avaient en aucune manière l'air farouche.

C'étaient gens bien élevés. Quand ils eurent vu dans quel costume sommaire se trouvaient les deux femmes, ils s'arrêtèrent brusquement, le chapeau à la main.

Au même instant, trois femmes, tout aussi étrangement vêtues, intervenaient.

— Ah! les pauvres petites! s'écria l'une d'elles... Vite, Marco, Josia, ajouta-t-elle en s'adressant aux hommes, passez-moi vos manteaux.

En un instant, Hermia et Rosaline, furent délivrées de leurs liens et se trouvèrent honnêtement drapées dans de larges pièces d'étoffe assez râpées, sans doute, mais qui du moins sauvegardaient la décence.

— Quels monstres vous ont donc mises dans cet état, bon Dieu! reprit l'excellente créature qui s'était empressée de cacher pudiquement l'éclatante nudité de la duchesse et de la dame d'honneur.

— Ne les fais pas parler, Clora, dit une autre,

avant qu'elles se soient réchauffées; et toi, Marco, rallume le feu.

Marco souffla sur les braises, y jeta quelques branchages, et, en un instant, une flamme joyeuse jaillit.

— Comment vous exprimer jamais notre reconnaissance! dit enfin Rosaline, dont les doigts étendus se rosaient à la lueur du brasier.

— Bah! dit Marco, le brave garçon qui, le premier, avait mis en fuite les bandits, la chose est bien simple... Nous étions campés dans un taillis, et nous venions de dételer le cheval de notre char-à-banc, quand nous avons entendu vos cris d'appel... Nous sommes arrivés, et... nous n'avons même pas eu le mérite de disperser par la force vos lâches agresseurs. Vous voyez, mesdames, ajouta-t-il modestement, que vous ne nous devez aucun remerciement.

Tout ceci était dit de fort bonne grâce, avec une aisance particulière.

— Qui donc êtes-vous, seigneurs, fit la belle Hermia, — qui revenait peu à peu de sa frayeur, et qui, même sous ces haillons, conservait un grand air, — et vous, mesdames, qui, si généreusement, êtes venues à notre aide... Je voudrais me souvenir à jamais de vos noms.

— Hélas, Madame, répondit Clora, si nous sommes parfois seigneurs et princesses, ce n'est guère en ce moment, où nous traînons le diable par la queue, mais bien, parés d'oripeaux, sur les planches où nous montons... à l'ébahissement du populaire... Pour tout dire, Madame, nous sommes une troupe de comédiens errants, envers qui la fortune est depuis longtemps chiche de ses sourires...

— Si bien, interrompit Josia, un grand diable efflanqué, à figure débonnaire, que nous allions nous coucher sans souper, quand nous avons eu l'heur de vous délivrer de ces coquins...

— Ce qui explique, conclut piteusement un autre, qu'on reconnaissait à sa face rubiconde pour le comique de la bande, que nous ne pouvons vous inviter à partager notre repas, par l'unique raison qu'il se doit passer aujourd'hui en mélancoliques rêveries et fumées.

Marco, qui était, de son emploi, l'amoureux, sortit de sa poche une poignée de noisettes et l'offrit galamment aux voyageuses.

— Faute de grives... dit-il.

Rosaline en prit une, et la cassa entre ses jolies petites dents.

— Avec des gens d'esprit comme vous, fit-elle gentiment, les soupers qui se passent en conversation ne sont pas à dédaigner.

Josia se promenait depuis quelques minutes en long et en large, semblant humer dans l'air quelque chose de vague.

— Je ne m'y trompe pas, s'écria-t-il joyeusement tout à coup, mon odorat n'est jamais en défaut quand il s'agit de flairer le parfum de délicieuses victuailles... Vive Dieu ! ces dames nous ont porté bonheur... Nous dînerons ce soir.

Il s'avança du côté où avait eu lieu l'attaque de la

diligence. Un panier, sentant bon, gisait à terre. Josia le ramassa et le porta, avec toutes sortes d'égards, auprès du feu.

— Gloire au Ciel ! dit-il, et paix sur la terre aux mangeurs de bonne volonté ! Un festin nous tombe des nues.

Il souleva le couvercle du panier. Des volailles dorées, des pâtés succulents, des gâteaux exquis y étaient soigneusement empilés, au-dessus de bouteilles vénérables.

Toute la troupe suivait, avec un singulier intérêt, les progrès des investigations de Josia.

Une longue note, détaillant les pièces, — un véritable menu, — était fixée au panier. C'était l'envoi d'un financier de Zara à une jeune personne — pour laquelle il avait vraisemblablement des bontés, — à l'occasion d'un grand dîner donné par la belle. Le panier, pendant la lutte avec les brigands, était tombé de la voiture.

— Le bureau des objets perdus est bien loin pour aller y porter cette divine trouvaille, reprit sentencieusement Josia. Quel est votre avis, messires ?

Les comédiens, les yeux luisants d'envie, se regardaient, indécis et émerveillés.

— Bah ! dit Rosaline, qui avait repris toute sa belle humeur, les Israélites ne firent point tant les scrupuleux quand la manne leur tomba dans le désert... A table !

Et voici comment, après avoir été attaquées par des brigands, dans leurs habits de nonnes, Hermia et Rosaline finirent la nuit, enveloppées dans des manteaux de théâtre, avec des comédiens. Le souper fut aimable, je vous prie de le croire, et ce fut avec un bel appétit que les mets disparurent du banc de gazon sur lequel ils étaient installés.

Quand le matin fut venu, la bonne Clora, ses camarades, duègne, amoureuse et ingénue cherchèrent généreusement dans leur maigre garde-robe de quoi vêtir les deux femmes, et y réussirent à peu près; mais ce furent, à défaut de mieux, des costumes d'une échevelée fantaisie. Puis l'on se sépara (les comédiens se rendant, eux, à *Zara*) en se souhaitant bonne chance!

— Hélas, Rosaline! dit Hermia quand elles furent seules, en regardant avec un peu d'inquiétude son étrange accoutrement, quelle aventure! C'est à pied, maintenant, qu'il nous faudra gagner Monte-Cascade. Avec quelle anxiété y sommes-nous attendues, cependant! Et que devenir sans argent?

— Réjouissons-nous encore, Madame, fit Rosaline, avec un soupir, que les brigands ne nous aient pris que notre argent!

CHAPITRE VIII

RÉVEIL D'IVROGNE

Le soleil qui, très radieusement, se leva sur la ville de *Zara*, le lendemain de la belle orgie à laquelle avait donné lieu la fête des corporations, éclaira un singulier spectacle.

Dans les rues, d'abominables ivrognes, la bouche empâtée, les cheveux tiraillés, blêmes et défaits, s'étiraient, cherchant vaguement à rappeler à eux des souvenirs rebelles. Les ruisseaux roulaient encore du vin s'échappant des tonneaux qu'on n'avait pu vider. C'était, entre voisins et amis qui se retrouvaient, couchés côte à côte au milieu de la chaussée, une grande confusion. On vit des pères surpris par leur fils dans le lamentable réveil des nuits qui laissent la cervelle à vide et le corps abêti. Jugez un peu s'ils eurent autorité, depuis, pour sermonner leurs rejetons sur de menues fredaines ! Une odeur fade, faite d'inavouables relents, s'épandait sur toute la ville. Entre nous, c'était du propre, je vous en réponds !

Mais personne, assurément, n'éprouva une plus profonde stupeur, en ouvrant les yeux, que le mercier Prudhomus qui, certain d'être parti de chez lui, la veille, en casaque de drap de bureau, se voyait

couvert d'un riche manteau, à frange dorée, et le chef ceint d'une couronne

Longtemps, la tête obscurcie encore, il se demanda où il en était. Précisément, il avait rêvé pompes et grandeurs, et, dans les fumées de l'ivresse, il s'était cru, bercé par un songe fallacieux, appelé aux plus hautes destinées.

Assurément il n'était point dans son assiette. Mais, bien qu'il cherchât énergiquement à rassembler ses idées, une chose le confondait : il avait beau se pincer vigoureusement, le luxueux costume dont il était revêtu ne s'envolait point, avec les restes derniers des chimères qui avaient peuplé son sommeil. Ce costume était bien réel, Prudhomus n'était plus le jouet d'une illusion. Car, enfin, il le touchait, et la soie et l'or demeuraient palpables, dans l'éblouissement fou de leur splendeur.

Ah ça, que se passait-il? Le pauvre Prudhomus y perdait, non seulement son latin, mais encore son illyrien. Positivement, ce qui arrivait abîmait sa raison.

Ce fut bien pis quand son compère Aurélio ouvrit les yeux à son tour. Aurélio, en se secouant de toutes ses forces, arriva à se mettre sur pied. Mais il ne put retenir un cri en découvrant, l'honnête artisan qu'il était, qu'un superbe pourpoint enserrait sa taille, un pourpoint tout tailladé, à la dernière mode du jour.

— Hélas! mon Dieu! s'écria-t-il, titubant encore, on m'a changé, ce n'est plus moi!

Mais, à tout prendre, la métamorphose ne lui déplaisait point. Il se trouvait fort bonne grâce ainsi.

Il eut le rire hébété de l'homme ivre qui revient difficilement à lui.

— Prudhomus, Prudhomus, fit-il, tu ne sais pas? je suis devenu grand seigneur.

Il s'arrêta subitement, stupide d'étonnement : Prudhomus lui apparaissait avec tous les attributs de la majesté souveraine.

— Oh! reprit-il au milieu d'un hoquet, Prudhomus qui est le duc, à présent!

Il se jeta dans ses bras, avec un attendrissement de pochard.

— Si tu es le duc, je suis ton chambellan... Je ne te quitte plus, jamais, jamais!

Une étrange lutte se livrait dans le cerveau du mercier.

— Suis-je réellement le duc, ou ne le suis-je pas? se disait-il, sans parvenir à élucider cette délicate question.

Sans doute quelque chose du vieil homme lui semblait subsister encore. Mais comment douter en présence des preuves qui s'offraient à lui? La couronne ducale ne ceignait-elle pas son front? N'avait-il pas, tout près de lui, un de ses grands dignitaires?

Avec un bel entêtement d'ivrogne, il se décida, en fin de compte, pour ce dernier parti. Il lui parut, clair comme le jour, qu'il était bien décidément duc d'Illyrie. Comment était-il parvenu ainsi au faîte du pouvoir, voilà, par exemple, ce qu'il ne s'expliquait pas du tout. Mais faut-il toujours chercher la petite bête ? Que lui importait, en somme ? Il était duc, et le métier lui agréait subitement.

Il essaya de se lever, mais il retomba de tout son long.

— C'est drôle, dit-il, je ne suis pas solide sur mes jambes !

Il eut alors de nouveaux doutes. Mais voici qui le rassura pour de bon sur son identité ! Au même moment, en effet, les ministres du duché, précédés d'Azémius, arrivaient à lui.

Tous avaient la mine singulièrement effarée et déconfite. On eût dit qu'ils avaient passé la nuit en de pénibles et infructueuses recherches.

— Ciel ! s'écria tout à coup Azémius, en désignant l'ivrogne, voici notre gracieux maître ! Eh bien, il a son compte ! ajouta-t-il à part lui.

— Ah ! Altesse, Altesse, fit le ministre de l'intérieur en s'adressant respectueusement à Prudhomus, qui, la tête dans les mains, s'absorbait dans ses réflexions, que d'inquiétudes vous nous avez données !

— Altesse ! pensa Prudhomus, ils m'appellent altesse !...

— Votre seigneurie, reprit d'un ton sévère le ministre des affaires étrangères, qui avait son franc-parler, parce qu'il se vantait de tâter le pouls à l'Europe tous les matins, n'a pas songé aux suites de cette disparition auprès des cours voisines !

— Ah ! Altesse, dit à son tour Azémius, plus familièrement, vous m'avez causé une rude émotion ! entre nous.

— Se mêler ainsi à la foule, au risque de compromettre la majesté ducale! ajouta le garde des sceaux, personnage grave et qui, prenant à la lettre ses fonctions, ne faisait jamais un pas sans les porter avec lui dans une boîte fermée d'un cadenas, dont il perdait sans cesse la clef.

— S'crebleu! Altesse, dit le ministre de la guerre, je n' réponds plus de l'armée, alors, sacrédié!

C'était beau, hein, et agréable pour le souverain, le régime constitutionnel dans le duché d'Illyrie!

Prudhomus, qui n'était point au fait des dessous de la politique, eut un magnifique mouvement : ce qui prouve avec quelle facilité on se fait à l'exercice du pouvoir.

— Or ça! manants, s'écria-t-il avec un geste plein de noblesse, je crois que vous m'adressez des reproches!

En même temps, il découvrait son visage. Un même cri s'échappa alors de la poitrine de tous les hauts fonctionnaires, un cri de véritable stupeur, suivi bientôt d'interjections diverses.

— Ce n'est pas Orsino!

— C'est son manteau, cependant.

— Et sa couronne !

— Quel nouveau mystère se cache là-dessous ? s'écria le préfet de police qui, par une habitude de métier, s'adressait toujours à lui-même de multiples interrogations.

Le ministre de la guerre mit la main au collet de l'infortuné Prudhomus et, d'une poigne vigoureuse, le fit éperdûment tournoyer.

— Un complot ! s'crebleu ! un complot. J'vois la chose !

— Au secours ! hurlait le déplorable mercier, secoué comme un prunier, et qui commençait, sous l'effort de cette violente poussée, à reprendre ses esprits pour de bon.

Sa mine était si piteuse qu'il désarma la fureur, prête à éclater, des ministres du duché.

L'effarement du pauvre diable témoignait d'ailleurs visiblement que, s'il y avait complot, il n'en était qu'un comparse inconscient...

Aurélio, devant la déconfiture rapide de son ami,

cherchait prudemment à s'enfuir; mais son éclatant costume le dénonça.

— Mort de ma vie! s'écria Azémius, voici les habits du seigneur page Tityre... et ce n'est point lui non plus, que veut dire ceci?...

Il est de fait que la chose se compliquait terriblement. Jamais secrétaires d'État ne s'étaient vus dans une aussi singulière situation.

— Rentrons au palais, messieurs, pour délibérer, fit Azémius, de plus en plus inquiet.

Il n'avait pourtant perdu de vue Orsino qu'un instant : par quelle fatalité cet instant avait-il suffi à causer la catastrophe! On pense bien qu'il avait d'abord couru à la porte des appartements de la duchesse, mais la sentinelle n'avait rien vu, rien entendu. Ceci l'avait un peu rassuré; il devenait cependant de toute nécessité de retrouver Orsino.

Sa mauvaise humeur, qui avait besoin de se tourner contre quelqu'un, s'épancha sur le préfet de police.

— Avait-on jamais vu un service pareillement organisé! Le préfet n'était au courant de rien, ne savait rien...

Le préfet de police, fonctionnaire rancunier, eut un sourire mauvais :

— Pardon! pardon! fit-il, bien des choses me sont connues! Je me taisais par déférence, mais puisque mon zèle est mis en doute, voulez-vous apprendre, messire Azémius, avec qui causait tendrement, hier dans l'après-midi, madame Rosaline?... Et sous les draperies d'une estrade, encore!

— Oseriez-vous soupçonner?... dit Azémius, pâlissant plus subitement que le légendaire colonel du théâtre de Madame.

— Je ne soupçonne pas, Messire, je constate... J'ajouterai même...

Le préfet de police, qui prenait quelque plaisir à jeter le trouble dans l'âme de son supérieur hiérarchique allait continuer ses scabreuses révélations. Mais on arrivait devant le palais, et l'attention fut subitement attirée par les gestes désordonnés de

l'historiographe Exupère, qui se livrait à la pantomime la plus animée qui se put rêver.

Cet Exupère était un singulier pistolet : l'histoire n'était pour lui qu'un roman, et ses fonctions ne l'intéressaient qu'autant que les faits qu'il était chargé de relater se présentaient sous un aspect tout à fait fantaisiste.

Aussi, à l'heure actuelle, se tordait-il positivement de rire, ce qui n'était guère convenable, vous l'avouerez dans d'aussi critiques circonstances.

— Qu'y a-t-il donc ? fit sévèrement Azémius, qui n'estimait que fort médiocrement les gens de lettres.

— Ah ! Monseigneur ! répondit Exupère, en se tenant les côtes, si vous saviez !...

— Mais quoi, quoi ?

— La duchesse a disparu !... Partie... Envolée... Evanouie !

Azémius eut un terrible haut-le-corps.

— Partie ?

Exupère fit, avec les deux mains, un geste expressif dont la signification était limpide.

— Le nid est vide ! ajouta-t-il poétiquement.

Azémius ne voulait pas comprendre. C'en était trop... Il répétait machinalement, comme hébété :

— Partie !... Partie !...

Enfin, la lumière se fit en son esprit, et, pour qu'il ne tombât point, il fallut que deux des ministres les plus proches de lui, le soutinssent dans leurs bras.

— Ah ! je devine tout ! s'écria-t-il accablé... je suis perdu !... Le duc et la duchesse étaient d'accord... L'héritier d'Illyrie aura un frère avant un an !...

Ce fut, parmi les assistants, un cri de douleur et d'indignation. Impatient de la loi à laquelle s'étaient soumis ses ancêtres, Orsino avait enlevé sa femme...

Il était à ce point affaissé, le pauvre Azémius, qu'il fallut l'éponger et l'éventer pendant près de trois quarts d'heure, avant qu'il fût capable de prononcer une parole.

Tout son entourage était consterné ! La chose paraissait inouïe, invraisemblable !

— Mais, dit-il enfin, en soufflant comme un phoque, a-t-on des détails sur l'évasion ?...

— Une échelle de corde trouvée à l'une des fenêtres du palais est le seul indice que l'on possède.

— C'est bien... Qu'on aille chercher ma femme ; elle doit savoir quelque chose.

— Hélas ! messire, dit Exupère, en affectant une désolation qu'il ne partageait nullement, le traître ! — il n'y a qu'un tout petit obstacle à la réalisation de votre juste désir... c'est que dame Rosaline a également disparu...

— Disparue ! exclama Azémius, devenu pour le coup cramoisi... ma femme !

— C'est comme j'ai l'honneur et le regret de vous le dire... on n'a trouvé dans sa chambre qu'une carte d'elle, avec ces trois lettres dans le coin : P. P. C.

— P. P. C. ? dit le préfet et police... Ah ! j'y suis : Plaignez Pareil Cocu !

Au fond, l'effroyable mésaventure d'Azémius, frappé dans sa carrière politique et dans son honneur conjugal, n'excitait que peu de pitié. Vous savez comme moi que les grands n'ont que des flatteurs et peu ou pas d'amis. Ce n'est pas moi ni vous qui réformerons l'humanité ! D'autant que la chose s'explique par ce fait bien simple qu'ils sont généralement fort désagréables avec leurs inférieurs, les grands de la terre !

Cependant, l'effondrement était si complet qu'il devenait au moins un sujet d'enseignement et un exemple historique. Le malheureux Azémius demeurait anéanti, stupide, bégayant des mots sans suite, qui témoignaient du désordre de ses idées.

— Le duc... la duchesse... Rosaline !...

Ce fut bien pis encore quand le ministre de l'intérieur (un ambitieux de première catégorie), s'avisa de prendre la parole.

— Messieurs ! fit-il d'un ton solennel, les catastrophes réitérées qui pleuvent sur l'éminent archichancelier du duché nous inspirent un véritable désespoir (oh ! les mensonges du langage officiel !) mais, dans des circonstances aussi critiques, nous devons avant tout penser au salut de l'Etat. N'oublions pas, messieurs, que le peuple a les yeux sur nous.

Encore une invention du ministre ! Car le peuple, à ce moment, songeait bien à s'occuper de politique. Il avait mal aux cheveux, le peuple ; il cuvait son vin, le peuple !

— Dans ces conditions, poursuivit-il, je propose la réunion immédiate du grand Conseil du duché, assisté des lumières des jurisconsultes, qui fixeront les points précis de droit. Quelque pénible que ce souvenir soit à évoquer, en un pareil moment, il ne nous est point permis d'oublier, en effet, que l'archichancelier est responsable, en sa qualité de gardien de la Constitution, de la gracieuse mais infidèle personne du duc !

***

La réunion solennelle eut lieu. Ce fut une belle séance, je vous l'assure ! Toutes les rancunes, toutes les animosités qu'avaient sourdement excitées contre lui Azémius, se firent jour, et ce fut une vraie coalition pour l'accabler. Qui, parmi ces hauts dignitaires, n'avait pas un petit grief contre lui ! On lui fit cruellement sentir les inconvénients d'une situation trop élevée, à de certains moments.

Igitur, Pisistrate et Ergo, qui assistaient à la séance, se montrèrent particulièrement acharnés, et qui pis est, les textes en mains !

— C'est, dit d'un ton mielleux maître Pisistrate, c'est la pendaison pour notre bien-aimé archi-chancelier, s'il ne réussit pas à retrouver le duc. Article 26427.

— 28 !... reprit Ergo.

— 29 !... ajouta Igitur.

Quelle singulière Constitution que celle du duché !

On ne pouvait jamais parvenir à s'entendre sur le numéro de l'article que l'on avait à invoquer.

La délibération ne dura pas moins de cinq heures. Peu s'en fallut, encore, qu'on eût recours à une séance de nuit ! Mais la plupart des membres du Conseil dormaient déjà ! Qu'aurait-ce été, alors ?

Finalement, on s'arrêta à ceci : Huit jours étaient donnés à l'archi-chancelier pour retrouver Orsino et la duchesse. Faute de quoi, avec tous les regrets possibles, mais dans l'intérêt de la Constitution qu'il n'avait su garder, il serait pendu haut et court — plutôt haut, afin que ce fût plus vite fini. Encore devait-il être dûment constaté que le duc et sa femme n'avaient pu enfreindre la défense que leur faisait la loi au moyen d'un rapprochement trop intime. Le préfet de police était, à son tour, chargé de surveiller Azémius dans ses pérégrinations. Enfin, Exupère, comme historiographe du duché, avait mission d'accompagner Azémius.

Certes la délibération n'avait rien de réjouissant pour Azémius, mais veuillez croire que, du moins, on sut envelopper ces considérations comminatoires des formes de déférence les plus raffinées; ce qui faisait, n'est-ce pas, une belle jambe à l'archi-chancelier !

— Me voilà bien ! pensait-il, ne sachant à quel parti il se devait résoudre, et se demandant à quel saint se vouer. Mais il n'avait même qu'une médiocre confiance dans l'intervention des saints !

— A huitaine donc, messieurs, dit le ministre de l'intérieur, pour notre prochaine et décisive réunion.

Et maintenant, ajouta-t-il en s'épongeant le front, c'est assez travaillé !

*
* *

Les membres du Conseil (ils n'avaient jamais tenu de séance aussi laborieuse) ne se firent pas prier pour lever le siège et allèrent vaquer à leurs affaires, la conscience désormais en repos.

Ergo, Igitur et Pisistrate étaient restés les derniers dans la salle.

— Une idée, dit le facétieux Pisistrate. Puisque la politique doit chômer pendant huit jours, si nous nous donnions un peu de liberté ?

— Hé ! hé ! fit Ergo.

— Pourquoi pas, au fait, reprit Igitur.

— Une petite villégiature à Monte-Cascade ne vous sourierait-elle pas? Nous voyagerons incognito, et, au cas d'affaires urgentes, l'aspirant jurisconsulte nous préviendra par dépêche... Et là, ajouta Pisistrate, dont le visage s'éclaira d'une assez libidineuse façon, plus d'étiquette, plus d'austérité, plus de magistrature.... tout aux petites femmes !

Elle leur souriait si bien, aux graves défenseurs de la loi, la proposition d'Igitur, que le soir même,

laissant leurs robes au vestiaire, ils filaient tous les trois pour Monte-Cascade, la plage gaie, la plage par excellence du chic, du pschutt et du vlan d'Illyrie !

CHAPITRE IX

RETOUR DES CHOSES!

Si Rosaline et Hermia étaient à plaindre, Orsino et Tityre n'étaient pas dans une situation moins fâcheuse.

En gens qui sont habitués à ne manquer de rien, ils n'avaient pas réfléchi, en changeant leurs habits avec ceux de Prudhomus et d'Aurélio, qu'ils oubliaient cette chose essentielle même ailleurs qu'à la guerre — c'est-à-dire une bourse bien garnie.

Ils s'aperçurent bientôt de l'imprudence qu'ils avaient commise en s'engageant à la légère dans leur expédition. Leur projet primitif avait été de rejoindre, au relais le plus proche, la diligence qui conduisait à Monte-Cascade.

Jusque-là tout alla bien. L'ex-duc et son page s'amusaient tellement de l'aventure qu'ils ne prenaient point la peine de songer aux choses pratiques.

— Ce qui me réjouit particulièrement, disait Orsino, lorsqu'ils furent hors de la ville, c'est la mine prodigieusement mélancolique que doit faire à l'heure qu'il est l'excellent seigneur Azémius.

— Comme homme d'État ou comme mari? répondit malicieusement Tityre.

— Ma foi! reprit Orsino, je le plaindrais encore davantage comme politique que comme époux! En cette qualité, du moins, est-il congrûment récompensé selon ses mérites!

Les deux complices cheminèrent ainsi, en joyeusement devisant, jusqu'à ce qu'ils eussent atteint la limite d'un petit bois, bien abrité des rayons du soleil, qui commençait à chauffer, et d'une engageante fraîcheur.

— Or ça! dit Orsino, que penserais-tu, Tityre, puisque nous avons quelques moments devant nous, avant le passage de la diligence, d'une courte sieste dans ce réjouissant endroit?

Le page approuva; et voici nos deux fugitifs endormis d'un sommeil paisible, peuplé de rêves aimables, sur les moelleux tapis d'herbes. Le relais était à quelques minutes, et les grelots des chevaux devaient les avertir de l'instant où il conviendrait de se lever.

Jamais repos ne parut meilleur au souverain

volontairement détrôné. Cette liberté, cette indépendance avait un charme particulier pour lui.

— Oh! faisait-il, en s'étirant, si les rois mes frères savaient quelle volupté l'on goûte loin du fardeau des soucis de l'Etat!

— Tous, heureusement, Altesse, répondait Tityre, n'ont pas affaire à une aussi sotte Constitution que celle du duché d'Illyrie!.. Et tous, ajoutait-il galamment, n'ont pas pour femme l'incomparable Hermia!

— Mais, entre nous, reprenait Orsino, en philosophe désabusé, crois-tu que les rois soient aussi nécessaires qu'on le pense au bonheur des peuples?

— Voyez-vous, Altesse, ce sont ceux qui vivent de la monarchie qui font courir ce bruit-là...

La conversation prenait, comme on voit, une tournure tout à fait élevée, mais Orsino et Tityre avaient marché toute la nuit, et ils ne se répondirent bientôt mutuellement que par de sonores ronflements.

Ce fut le bruit des chevaux, s'avançant au grand trot, qui les réveilla brusquement. Ils furent debout en un instant.

— Oh! fit Tityre, nous n'avons pas de temps à perdre! Je vais prendre les billets!

Il se hâta d'arriver au bureau du relais.

— Deux premières pour Monte-Cascade! demanda-t-il étourdiment.

— C'est douze piastres cinquante, dit le contrôleur.

Tityre mit la main à sa poche, tout naturellement, et pâlit subitement en n'y trouvant que deux ou trois pièces de très menue monnaie.

— Diable ! s'écria-t-il, j'oubliais que j'avais changé de costume.

Orsino arrivait à ce moment. Tityre lui fit aussitôt part de la situation. Orsino se fouilla à son tour, et ne rencontra, sous sa main, qu'une demi-piastre.

Un silence suivit cette déplorable constatation.

— Misère de nous ! s'écria énergiquement Orsino, nous sommes fichus !

— Vous savez, exclama le contrôleur d'un ton de mauvaise humeur, en fermant brusquement son guichet, je n'aime pas les mauvaises plaisanteries !

Qui se regarda piteusement ? ce furent les deux voyageurs, si malencontreusement travestis, lorsque la voiture, avec un joli tintement de grelots, leur passa devant le nez, poursuivant allègrement sa course.

— Décidément, Altesse, dit timidement enfin Tityre, tout n'est pas rose dans le métier d'évadé.

— Que faire ? soupira plaintivement Orsino.

— Bah ! reprit le page qui était déjà de nouveau en possession de sa robuste belle humeur, nous résigner !

— Ce moyen me paraît d'autant plus sage, répondit Orsino, que nous n'en avons aucun autre à notre discrétion ! Mais à quel parti nous arrêter ?

— Hélas, Altesse, je n'en vois qu'un. Faire la route à pied !

— Et ménager nos maigres finances encore, si nous voulons ne pas mourir de faim ! Quant au logis que nous avons à espérer au bout de nos étapes, je ne pressens que trop que ce sera celui de l'hospitalière Belle-Étoile.

— Ce serait fort piquant en d'autres circonstances, mais la duchesse...

— Et Rosaline...

— Que vont-elles penser en ne nous voyant point arriver à l'heure dite ?

— Elles sont du moins pourvues d'argent, ce qui nous peut rassurer. Plaise au dieu des amoureux qu'elles s'arment de patience !

— Enfin ?

— Enfin, Altesse, nous n'avons, nous, qu'à nous armer de courage.

— C'est que mon estomac...

— J'avoue que l'heure du déjeuner a sonné depuis quelque temps.

*
* *

Pour un colloque agréable, ce n'était pas un colloque agréable que tenaient là le duc et son fidèle page. Mais il n'y avait pas à récriminer vainement contre le sort.

Tityre entra bravement chez un boulanger et marchanda un pain de quatre livres. Il le rapporta sans enthousiasme, et les deux hommes s'assirent silencieusement au bord d'un petit ruisseau.

— Premier service, fit-il en découpant le croûton.

Des mûres vermeilles brillaient au milieu d'un buisson voisin.

— Voici le dessert, reprit-il en cueillant toutes celles qu'il put trouver.

Si frugal qu'il fût, ce repas sommaire leur avait rendu un peu d'espérance au cœur. Tityre enveloppa soigneusement le reste du pain, tailla deux bâtons dans un massif et en offrit un au duc.

— Allons, en route!

— En route! répondit Orsino, avec résignation.

Le reste du chemin se fit, comme vous le pensez bien, moins gaiement qu'au début. Des pensées auxquelles il ne s'était jamais arrêté venaient à l'esprit d'Orsino, et c'est de bon cœur maintenant qu'il plaignait le « pauvre prolétaire » qui n'a, lui, rien de bon à attendre au bout de ses dures étapes.

Les nuits en plein air surtout paraissaient dures à passer au pauvre duc. Trop heureux lorsqu'ils trouvaient quelque abri dans le creux d'un rocher ou quelque cabane abandonnée.

— Fichtre! disait Orsino, si j'avais su, au temps où je régnais, j'aurais fondé sur toutes les routes des hôtelleries gratuites.

— Le malheur est que les rois ont bien d'autres chats à fouetter que de s'occuper des vagabonds et des misérables, quand tout leur sourit, répliquait Tityre, dont les chaussures commençaient à s'user lamentablement.

Le septième jour, ils étaient arrivés au bout de leurs ressources. Ils étaient affreusement maigris. Sans un brave homme de berger qui leur offrit à chacun un bol de lait, ils n'auraient pu continuer leur route.

Et comme Orsino le remerciait :

— Bah! dit le berger, entre pauvres diables, il faut bien s'entr'aider... C'est égal, ajouta-t-il en regardant les deux compagnons, vous avez une fichue mine tout de même!

Le huitième jour, au matin, ils aperçurent enfin, d'une colline qu'ils avaient péniblement gravie, les villas ensoleillées de Monte-Cascade.

CHAPITRE X

CABINETS PARTICULIERS

ONTE-CASCADE — le *Mons Cascadæ* des Romains — est campé au bord de la mer, dans une situation enchanteresse. La plage unie, toute en sable, descendant mollement jusqu'aux flots, est ombragée par une luxuriante végétation de plantes tropicales qui se sont merveilleusement acclimatées dans ce coin béni. C'est un éblouissement de fleurs et une griserie de parfums sous un ciel toujours bleu.

Si vous croyez que j'exagère, vous n'avez qu'à prendre le *Guide en Illyrie*. Mais j'aime autant vous prévenir tout de suite que le livre est aujourd'hui introuvable. C'est dommage; car, fort des renseignements qu'il m'eût fournis, je n'eusse pas manqué de me livrer à une description beaucoup plus détaillée.

Peu vous importe, au reste, un historique de la plage célèbre, et j'imagine qu'il vous est tout à fait indifférent d'apprendre que César en personne y vint passer une saison, en compagnie d'une aimable personne pour laquelle il avait des bontés. Car si sa femme ne devait pas être soupçonnée, le conquérant ne se gênait point, lui, à ce que racontent les chroniqueurs latins, pour donner au contrat les plus vigoureux coups de glaive.

Qu'il vous suffise donc de savoir qu'un des principaux charmes de Monte-Cascade est une série d'élégants cabarets, qui s'étagent tout le long de la côte, perdus sous des abris de feuillage si épais, qu'on ne voit rien du dehors. Ce sont, pour tout dire, des espèces de cabinets particuliers en plein air. On respire, on se remet des fatigues de la ville, on ouvre largement ses poumons, et cependant on est chez soi. Voici qui n'est point à dédaigner, n'est-ce pas?

Mais il n'est cabinet particulier où ne puisse s'introduire l'œil du romancier. Ce privilège lui est bien dû, en échange de la peine qu'il se donne pour vous distraire, ô bénévoles lecteurs!

Pénétrons donc résolûment sous une des tonnelles les plus touffues. Qu'y verrons-nous?

Une vieille connaissance, le seigneur Azémius lui-même, mais Azémius pâli, les yeux battus comme après une nuit folâtre (Dieu sait pourtant s'il était en train de folâtrer!), défait, presque passé, de ventripotent qu'il était, au misérable état de lame de couteau.

Azémius est mélancoliquement assis en face d'un déjeuner auquel il touche à peine. Il est vrai que de l'autre côté de la table, dont la nappe blanche, ornée de flacons vénérables, réjouit l'œil, l'historiographe Exupère est placé. Et lui ne se fait pas faute d'honorer le repas comme il le mérite, avec la satisfaction, non déguisée, d'un famélique qui se repaît enfin à son appétit. Dieu me pardonne! Exupère déplace même d'un cran la boucle de sa ceinture de cuir, à laquelle pend éternellement une écritoire, insigne de sa charge.

L'archi-chancelier n'exciterait guère, à présent, comme jadis, l'envie des plus ambitieux dignitaires du duché! La tête dans ses mains, dans l'attitude que devait avoir Niobé pleurant ses enfants, il pousse des soupirs qui fendraient l'âme à tout autre qu'Exupère. Mais Exupère, depuis huit jours, est habitué aux doléances d'Azémius et est trop activé à découper une magnifique volaille, toute dorée, pour songer à lui offrir quelques consolations.

Tout ce qu'il trouve à lui dire, c'est ceci :

— Vous avez tort, messire Azémius, de ne pas goûter à cet aileron de canard. Le cuisinier de l'Olympe n'en sert point assurément de pareil au divin Jupiter, maître des Dieux.

Azémius ne répond pas. Ses douloureuses réflexions l'absorbent.

Il sort enfin de son silence :

— Exupère, fait-il, allez voir si nous sommes toujours observés.

Exupère se lève en maugréant, écarte un peu les

feuilles qui l'empêchent de voir dans la rue et revient s'asseoir à sa place.

— Seigneur, répond-il, avec la conscience d'être infiniment désagréable à son supérieur (ce qui accentue son sourire béat), les trois policiers se promènent toujours de long en large devant l'hôtellerie, le chapeau enfoncé sur la tête, et enveloppés dans leurs manteaux.

Azémius pousse un nouveau soupir.

— Aucun moyen d'échapper à cette obstinée surveillance. Impossible de s'enfuir!... Ah, certes, je n'aurais jamais cru la police du duché si bien faite.

Il reprend après un silence :

— Décidément, je serai pendu!... Huit jours de vaines recherches ne m'ont pas plus éclairé qu'auparavant... Aucune trace du duc ou de la duchesse.... Mais où sont-ils? où sont-ils?

— Cela étant, mon honoré maître, oserais-je vous demander dans quel but vous m'avez conduit à Monte-Cascade? Ce n'est pas que je me plaigne, au moins! Mais, quand mon estomac ne crie plus famine, je ne suis pas fâché de satisfaire ma curiosité.

— Pourquoi? Le sais-je? Depuis une semaine nous avons inutilement exploré le duché en tous sens.... Demain expire le délai qui m'a été accordé par le conseil pour retrouver Orsino.... Aussi bien, je veux m'étourdir pendant mes dernières heures de liberté, et c'est peut-être pour cette raison que, en désespoir de cause, j'ai dirigé mes pas vers ce lieu de délices!

— Eh bien, messire, dit cet intrigant d'Exupère, puisque vous désirez en finir joyeusement avec la vie, il n'y a nulle raison de nous priver d'aucune bonne chose de l'existence.

Il sonna, et l'hôtelier parut.

— Donnez-nous, je vous prie, un flacon de vin des Canaries, et du meilleur.

Non ! mais, ma parole d'honneur, il en prenait à son aise, le drôle, grossissant à plaisir l'addition de l'archi-chancelier, et s'inquiétant de son sort comme les oiseaux du ciel se soucient des poissons.

— Oui, poursuivit Azémius, je rêve une fin pareille à celle de feu Sardanapale... puisqu'il n'y a nulle façon de lutter contre mon destin, qu'on m'apporte la coupe des voluptés ! Avant d'exhaler mon dernier souffle je la viderai jusqu'à la lie !

— A la bonne heure, messire, voici qui est raisonnablement parler. Foin des soucis de l'heure présente, et, buvons frais !

Exupère versa dans son verre un beau vin clair, jaune comme de l'or ; mais Azémius ne se pressa point de le porter à ses lèvres.

— Ah ! fit-il, en retombant dans sa morne tristesse, si l'on savait à quoi l'on s'engage en acceptant la tâche de gardien de la Constitution !... Exupère, ajouta-t-il, crois-tu à ce que l'on dit au sujet des pendus et penses-tu que leurs derniers moments soient véritablement adoucis par de petites compensations ?

— Les docteurs l'affirment, messire, répondit philosophiquement Exupère, et, à tout prendre, autant vaut le genre de mort qui vous attend qu'un autre !

***

Si nous avons pu, invisible, assister à l'entretien d'Exupère et d'Azémius, il ne doit pas être beaucoup plus difficile de jeter un coup d'œil indiscret dans la tonnelle voisine, également touffue et défendue contre les fâcheux par un épais feuillage.

C'est la même mise en scène. Une table, gaiement servie, avec toutes sortes de mets fumants et de bouteilles poussiéreuses. Mais là, les deux convives dévorent avec un égal entrain.

— Le ciel soit loué ! s'écrie Tityre (car c'est lui). Ce ducat trouvé sur la plage et qui nous permet de faire ainsi bonne chère, après de si noires privations, me semble d'un bon augure !

— Sans doute ! répond Orsino, en remplissant son assiette, mais il est temps que notre mauvaise étoile daigne changer ! Manger est bon, je n'en disconviens pas, mais retrouver celles que nous cherchons serait mieux ! Ce qui nous arrive n'est-il pas inconcevable !

— Il est de fait que personne n'a ouï parler de deux jeunes nonnes, qui devraient être installées ici depuis huit jours ! nulle trace d'Hermia et de Rosaline ! Leur pieux déguisement assurait pourtant leur sécurité !

— Tu l'as vu : nous avons battu la ville d'un bout à l'autre. C'est à en perdre la tête! Où sont-elles, où sont-elles?

— J'ai habilement interrogé notre hôte : on continue à s'entretenir fiévreusement de votre disparition. Si, par malheur, la duchesse était tombée dans un piège, nous en serions donc informés. La certitude où nous sommes que nos fugitives n'ont pas été suivies est faite, en somme, pour nous rendre quelque espoir.

— Tu t'avises toujours du meilleur côté des choses, mon brave Tityre. Avoue qu'il y a lieu néanmoins d'être inquiet.

— Eh! je suis parbleu tourmenté, moi aussi, Altesse. Mais la faim nous faisait peut-être voir trouble. Tandis que maintenant, copieusement restaurés, nous rentrons en possession de toutes nos facultés.

— Huit jours! songe donc! Les pauvrettes ont dû perdre toute patience. Nous qui pensions nous retrouver le lendemain de notre fuite.

— Ah! Altesse, ne rappelez point ces moments pénibles! je vous prie! Je rougis encore de confusion, et mon estomac ressent, par souvenir, d'inimaginables tiraillements!

— Je tremble, malgré moi. Deux femmes seules, exposées à tant de hasards!

— Mais leur costume commandait le respect, et les gens de ce pays-ci, vous le savez, sont fort dévoués à la religion.

— Ce qui me confond, c'est que nul n'ait gardé au moins la mémoire de leur arrivée.

— Il y a de nombreux couvents aux alentours, et, deux nonnes ne sont point, à tout prendre, un événement... Allons, altesse, ce n'est pas en touchant au but qu'il faut perdre courage! Est-ce ce vin généreux? mais j'ai confiance... Je gagerais, voyez-vous, que la journée ne se passera point sans un retour de fortune!

— Que tes paroles ne se perdent pas en l'air, ô Tityre! dit le duc.

Le bon duc Orsino se recoupa de nouveau une large tranche d'un succulent pâté d'alouettes.

Mais, malgré tout, il avait l'âme triste.

CHAPITRE XI

COUPS DE THÉATRE

Puisque je vous ai déjà introduits, dociles lecteurs, dans deux des tonnelles entourées de si propices ombrages, qui longeaient les bords de la mer, je ne vois pas pourquoi je ne vous conduirais pas dans une troisième, à l'instar du diable boiteux, qui soulevait successivement le toit des domiciles les plus clos.

Ah ! là, on était en joyeuse compagnie, et ce n'était point la mélancolie que l'on engendrait ! Dieu sait pourtant si c'était là la place de graves magistrats, nourris dans l'étude du droit, et qui passaient pour d'émérites jurisconsultes.

Car vous avez deviné, avec votre habituelle sagacité, n'est-ce pas, que les convives réunis étaient les très hauts et très doctes seigneurs Ergo, Igitur et Pisistrate.

Et je vous prie de croire qu'il ne s'agissait pas entre eux, de la discussion d'un point de droit, à ce moment !

C'était ce folâtre Pisistrate qui avait fini par mettre ses collègues en belle humeur, et leurs gaietés séniles avaient la bride lâchée. Dieu sait de quoi sont capables des magistrats, quand ils renoncent au sérieux professionnel !

— Puisque nous sommes ici incognito, répétait-il à chacune des objections soulevées par Igitur ou par Ergo, profitons-en !

Et c'était alors, depuis huit jours, une suite de festins, de noces et de débauches, à faire frémir la pauvre déesse Thémis, si elle n'avait pas eu la bonne idée de se voiler la face. C'est ainsi qu'une vie d'austérité aboutit parfois à la plus effroyable des cascades !

Mais, non contents de se griser tous les soirs comme de simples Polonais, nos jurisconsultes ne s'étaient-ils pas avisés de courir le guilledou ? Cela leur allait bien, à leur âge ! Ces messieurs ne pouvaient plus se passer des « petites femmes » dont avait parlé Pisistrate. Vous supposez bien que les petites femmes ne couraient pas grand risque avec eux ! Mais, à défaut d'autre chose, leur imagination travaillait, travaillait ! Ah, elle était dans de jolies mains, maintenant, la justice suprême du duché d'Illyrie ! Si les pauvres substituts qui moisissaient dans une ville de province eussent pu contempler leurs supérieurs, ils auraient eu encore pour eux une belle considération, en vérité !

Or, le matin même, en se promenant sur la plage, l'entreprenant Pisistrate avait aperçu deux jeunes femmes dont la tournure lui avait paru piquante.

— Oh ! oh ! s'était dit le vieux chenapan, formulant son appréciation en connaisseur, elles ont la ligne !

Et, bien qu'elles ne semblassent en aucune manière prêter quelque attention aux égrillards compliments qu'il leur avait lancés, il s'était mis à les suivre bravement.

Une chose l'intriguait d'ailleurs. Elles s'efforçaient

opiniâtrément de dissimuler leur visage sous leur voile. Était-ce parce qu'il était hors de doute qu'elles cherchassent une personne introuvable ?

— Si elles cherchent quelqu'un, avait aussitôt pensé Pisistrate, en homme profond qu'il était, pourquoi ce quelqu'un-là ne serait-il pas moi ?

Fort de ce raisonnement, il avait aussitôt entamé la conversation.

— De grâce, monsieur, laissez-nous... lui avait-on répondu avec embarras.........

— Ah! belles dames, que vous êtes cruelles! avait repris le jurisconsulte qui avait, avec les femmes, des phrases toutes faites, dont il n'aimait point à se départir.

Les deux inconnues avaient marché plus vite. Pisistrate ne s'était pas découragé.

Tout à coup, l'une d'elles s'était retournée, et s'était mise à rire. Puis, elle avait échangé un mot avec sa compagne.

Comme je n'aime point à faire de mystère avec vous, je vous dirai tout de suite que ces deux femmes étaient la belle Hermia et son amie Rosaline, qui, arrivées le matin, elles aussi, mais par un autre chemin qu'Orsino et Tityre, et partageant, de leur côté, les mêmes inquiétudes que leurs galants, exploraient la plage pour essayer de les découvrir.

Leur voyage n'avait pas été sans quelques aventures, comme vous le supposez, depuis qu'elles avaient été délivrées par les comédiens. Elles s'en étaient pourtant tirées à leur honneur, en se donnant comme des bohémiennes, assertion que leur étrange costume paraissait justifier. Et c'était en disant la bonne aventure et en chantant des chansons, bien qu'elles n'eussent guère le cœur à chanter, qu'elles étaient parvenues à gagner Monte-Cascade.

C'était au plus fort de leur désespoir que Pisistrate les avait abordées. Leur premier mouvement avait tout naturellement été un mouvement de répulsion. Mais, subitement, Rosaline avait reconnu le jurisconsulte. Ce pouvait être là un heureux hasard; il devait être, en effet, au courant des nouvelles du jour, et depuis leur départ de *Zara* elles ignoraient ce qu'il était advenu de l'évasion du duc et de Tityre.

Après un moment de réflexion, elles s'étaient donc décidées à accepter l'invitation que formulait Pisistrate, à la condition, avaient-elles dit, de rester voilées et le visage couvert. Voilà comment la duchesse et sa suivante se trouvaient être, sous une tonnelle de Monte-Cascade, les hôtesses étonnées et confuses des trois vieux complices.

Ouf! l'explication a été longue, mais elle était nécessaire. Je ne suis point, vous en conviendrez, de ces romanciers, épris de complications, qui se refusent toujours à mettre les points sur les *i*. Moi, j'en mettrais plutôt deux.

Le déjeuner finissait, et, malgré leur désir, les pauvrettes n'avaient pu encore rien tirer de ces sacripants hors d'âge, qui se moquaient bien de la politique, pour le présent! En revanche, ils devenaient d'une audace!...

Elles avaient à peine touché au repas, tant elles étaient occupées à se défendre contre ces satyres, qui voulaient à toute force se repaître d'une beauté qu'ils devinaient sous le tissu léger qui la cachait, et essayaient de leur enlever leur voile. L'inquiétude les tourmentait fort, d'ailleurs. Qu'allaient-elles devenir si elles ne rencontraient ni le duc ni Tityre?

N'eussent-elles eu toutes les raisons du monde pour ne pas se trahir, je vous demande un peu si les prières de ces dévergondés étaient faites pour les toucher! Ah! ils étaient ragoûtants tous les trois, avec leurs madrigaux stupides, interrompus par les gémissements que leur arrachaient leurs rhumatismes, au beau milieu d'un mot. Et ils étaient jolis, et neufs surtout, leurs compliments!

— Une chanson alors, dit Igitur, qui avait au moins la bonne foi de convenir en lui-même que le seul plaisir auquel il pouvait prétendre était un plaisir de dilettante!

— Oui, oui, une chanson, deux chansons! toujours des chansons, ajouta Ergo qui prostituait la dignité de la magistrature dans la plus sale ivresse!

— Dévoue-toi, ma bonne Rosaline, demanda à voix basse Hermia.

— Et quelque chose de gai, quelque chose de leste! s'écria Pisistrate, nous répéterons le refrain!

Rosaline poussa un soupir, et avec résignation, elle dit l'ineptie à la mode :

De mon Octave
Je suis l'esclave
Ce n'est pas qu'il soit beau, ni brave :
Mais j' suis foll' de lui!
Et, l'jour et la nuit,
J'lui répète : Octave
T'es un homme suave!

Dans sa bouche mignonne, cette grossière polissonnerie faisait l'effet d'une complainte, car elle la chantait lentement, avec un écœurement d'en être réduite à un art aussi inférieur. Mais c'était bien là la littérature qui convenait à des magistrats en goguette !

Au moment où, ainsi qu'ils l'avaient annoncé, ils reprenaient le refrain (non! c'était à mourir de rire!) il sembla à Rosaline qu'elle entendait un bruissement dans les feuilles. Elle regarda vaguement autour d'elle, mais elle n'y prêta pas d'attention. D'autant que messieurs les jurisconsultes, charmés et ravis, demandaient avec instance le deuxième couplet.

Vous croyez que, lorsque la pauvre Rosaline se fut sacrifiée pour eux, ces messieurs se montrèrent satisfaits? Point du tout.

Ils exigèrent qu'Hermia chantât à son tour.

Ils tapaient avec leurs couteaux sur leurs verres, — attitude bien élégante, vraiment! — et, très émoustillés, les yeux allumés, ils se pâmaient d'aise.

Pisistrate, qui se sentait devenir sentimental, désira une romance — une de ces romances très tendres, avec une note d'étrangeté, dont les bohémiennes ont le secret...

— Oui! fit Ergo, dites-nous une mélodie amoureuse... L'amour qui soupire après l'amour qui rit!...

Hermia aimait mieux cela; vous devinez pourtant s'il lui plaisait de se produire devant un tel auditoire. L'infortunée petite duchesse avait les larmes aux yeux. Elle se rappela une chanson tzigane qui, du moins, concordait avec ses sentiments.

Dans mon beau pays, j'avais un ami,
Mais je l'ai perdu, je suis seule au monde. . .
J'ai beaucoup pleuré, ma peine est profonde,
Voilà bien des nuits que je n'ai dormi.

Le désert est grand, le vent souffle fort
Un serpent m'a prise au cœur et me mord !

— Charmant ! dit Igitur, qui s'attendrissait et qui tirait déjà son mouchoir.

— Divin ! ajouta Ergo en titubant.

— Cette satanée musique est tout à fait excitante, conclut Pisistrate... Continuez, ma belle.

Hermia reprit, sur un mode lent et douloureux, rythmé de sanglots qui lui montaient à la gorge :

Aux oiseaux passant, j'irais bien me plaindre
Et redemander l'ami que j'avais :
Mais pour l'appeler, le temps est mauvais ;
Aucun d'eux, hélas ! ne pourrait l'atteindre !

Le désert est grand, le vent souffle fort
Il n'entendrait pas, notre amour est mort !

Pour la seconde fois, le feuillage s'agita derrière les deux femmes.

— Bravo ! bravo ! s'écriaient les jurisconsultes, c'est étourdissant !

— Le diable soit si je n'embrasse pas la chanteuse ! fit Pisistrate.

Et, s'avançant, il allait positivement déposer un baiser sur les lèvres frémissantes d'Hermia, quand un coup de théâtre singulièrement inattendu se produisit.

Deux cavaliers venaient de faire irruption dans le bosquet. En un clin d'œil, l'un d'eux avait saisi

Hermia dans ses bras, appliquant en même temps un maître soufflet sur les joues du libidineux Pisistrate.

— Aïe ! soupira-t-il, en tournant du coup sur lui-même.

L'autre étranger, au même instant, s'était emparé de Rosaline et l'étreignait avec un entrain qui n'avait rien de factice.

— Ma chérie... mon amour... mon bien-aimé... mon trésor!

Ce fut, pendant quelques secondes un croisement d'interjections passionnées.

— J'étais bien sûr d'avoir reconnu leurs voix! dit Tityre.

Car, — vous me privez assurément du plaisir de vous l'apprendre — c'était lui !

Cachés derrière un massif, Orsino et Tityre avaient écouté les chants qui, portés par l'écho, s'égrenaient en perles amoureuses, d'abord avec curiosité, avec une étrange angoisse ensuite, enfin avec une débordante émotion. Il n'y avait plus à en douter : c'étaient elles, c'étaient Rosaline et Hermia, tant cherchées et tant désirées !

Vous jugez que, lorsqu'il eut acquis cette certitude, Orsino perdit toute patience. Aussi, au risque de commettre la plus belle imprudence du monde, s'était-il décidé à porter secours à la vertu de la duchesse mise ainsi en péril. Il y a ainsi des moments où l'on a beau comprendre, à part soi, que l'on fait une folie, on n'y peut résister.

Ah ! les bons baisers qu'ils se donnaient. Et Rosaline et Tityre de les imiter !

— Il était temps, grand Dieu ! dit Rosaline.

Comme cela se fit-il ! Les gens qui s'aiment ont des moyens à eux de s'interroger et de se répondre en un clin d'œil. Toujours est-il qu'une minute ne s'était pas écoulée que les deux époux et que les deux amants s'étaient déjà mis au fait de leurs aventures réciproques, au milieu de force soupirs de pitié et d'exclamations de joie, d'une si miraculeuse rencontre.

Si subite avait été l'invasion d'Orsino et de Tityre que les trois vieux paillards demeuraient bouche béante, les bras levés au ciel. En toute circonstance, il leur fallait du temps pour comprendre, la subtilité n'étant point leur fort ; mais ceci dépassait leur imagination.

Comment les farouches beautés qui s'obstinaient à leur tenir rigueur s'étaient-elles si vite adoucies et apprivoisées pour ces inconnus, mal vêtus, presque sordides ?

Le problème dépassait leur intellect...

Cependant, ils se remirent, et furieux, ne pressentant que trop justement que leurs conquêtes allaient leur échapper, ils se mirent à crier comme des sourds.

— Il faut appeler la garde ! disait Pisistrate.

Ces cris rappelèrent Orsino au danger de la situation, et il s'avança vers eux, menaçant, pour les faire taire. Mais il était déjà trop tard. Deux intrus venaient de pénétrer sous la tonnelle, attirés par le bruit.

Au même moment, une interjection trahissant la stupeur la plus intense, retentissait.

— Bah ! faisait la voix.

Mais dans ce « Bah » il y avait toute la gamme des sentiments les plus divers — l'étonnement, le trouble, la satisfaction, l'espoir revenu tout à coup après le plus morne ennui.

Orsino se retourna.

— Lui !... Azémius ! s'écria-t-il, avec découragement.

Il chercha à enlever Hermia et à fuir avec elle, à grand renfort de coups de poings.

— Altesse, lui dit l'archi-chancelier en s'inclinant, pas d'éclat ! L'auberge est gardée par la police.

Il se frotta les mains, en prenant un temps, comme on dit au théâtre. Derrière lui, Exupère ouvrait de grands yeux étonnés, allant du duc à la duchesse.

— Que je suis donc aise de revoir votre Altesse, reprit Azémius, en couvant des yeux son royal prisonnier. Vous ne sauriez croire à quel point sa présence va changer le cours de mes idées.

L'émotion avait été si forte pour lui qu'il n'avait pas encore aperçu Rosaline.

Enfin il la découvrit, aux côtés de la duchesse, qu'elle n'avait pas quittée dans la bagarre.

— Oh, oh ! toutes mes félicitations, Madame, ajouta-t-il avec une ironie qui faisait froid, ce galant costume vous sied à merveille !

— Sot que vous êtes, répondit à voix basse Rosaline, avec un joli aplomb, ne devinez-vous point mon rôle dans toute cette affaire ?

Azémius ne devina rien du tout. Mais voulant passer pour un politique profond, il eût l'air de comprendre, et serra mystérieusement la main de sa femme, en signe de reconnaissance, avec une conviction attendrie.

— Or ça ! dit Orsino en prenant son attitude des grands jours, qui était pleine de majesté, que comptez-vous faire de moi ?

— Mais, Altesse, vous ramener très respectueusement en votre capitale... sans vous perdre de vue, néanmoins... Vos fidèles sujets ne demandent qu'à fêter votre retour.

— Il est entendu qu'on ne veut point me laisser abdiquer ?

— La Constitution l'interdit formellement.

— Alors je suis toujours votre souverain ?

— Et je suis toujours votre très respectueux conseiller intime et archi-chancelier !

Tityre venait de passer rapidement derrière Orsino et lui avait soufflé un mot à l'oreille. Il y eut un court silence, qui n'était point sans quelque solennité, je vous le déclare.

— Alors, reprit Orsino, en ma qualité de duc régnant, je rends l'édit suivant.

Il s'assit à la table, emprunta son écritoire à Exupère, traça quelques lignes à la hâte, et lut :

— Conformément aux articles... — vous remplirez les blancs, seigneur Azémius... — vu les lois du... et du... j'arrête :

« Les sires Pisistrate, Ergo et Igitur, docteurs en droit, jurisconsultes suprêmes du duché, convaincus du crime de lèse-majesté, seront pendus.

— Pendus ! s'écrièrent, stupides d'effroi, les trois jurisconsultes.

— Parfaitement ! dit Orsino, très calme... Est-il vrai que, sans respect pour le rang de la duchesse, vous ayez poussé l'audace jusqu'à l'entraîner dans un cabaret et à lui faire chanter des chansons bohèmes ? Est-il vrai que l'un de vous ait osé tenter de lui voler un baiser ?

— Grâce, Altesse, grâce ! suppliaient les pauvres magistrats.

— Pas de grâce !... Seigneur Azémius, reprit le duc... je vous charge de l'exécution du présent décret.

— Altesse ! fit Pisistrate, daignez nous ouïr un instant... Est-ce qu'il n'y aurait pas moyen d'entrer en composition ?

— Impossible !

— Mais encore ?

— Impossible.

— Altesse ! gardiens intègres et incorruptibles

d'une Constitution qui vous enlève les plus douces prérogatives de l'époux, nous sommes tout prêts à lui donner un croc-en-jambe pour sauver notre vie !...

— A la bonne heure, messieurs, dit Orsino, entre gens d'esprit il y a toujours moyen de s'entendre.

— D'autant qu'elle est stupide, cette Constitution, ajouta Ergo, sur le ton de la plus basse flatterie.

— Et que la beauté de la duchesse la rend tout à fait inacceptable, insinua galamment à son tour Igitur.

Orsino respira.

— Qu'en dites-vous, messire Azémius ? demanda-t-il à l'archi-chancelier.

— Oh, moi ! je ne m'oppose plus à rien... Votre Altesse m'a causé trop de soucis pendant huit jours ! Elle n'aurait qu'à recommencer !

— Or ça, messieurs, reprit Orsino, je puis donc enfin embrasser ma femme, sans vous causer tant d'émoi ?

— Nous souhaitons à votre Altesse une seconde nuit de noces digne de la première, dirent les jurisconsultes, en s'inclinant jusqu'à terre.

— Dieu me pardonne ! fit Orsino en enveloppant la jolie duchesse Hermia d'un coup d'œil terriblement amoureux... Avouez que je ne l'ai pas volé !

Le duc offrit la main à la duchesse, et séance tenante, les jurisconsultes rédigèrent le grand acte politique qui modifiait les dispositions réglant la descendance des souverains d'Illyrie.

— Eh bien, et nous ? dit Tityre à l'oreille de Rosaline.

— Oh ! nous, répondit Rosaline en baissant les yeux et en rougissant un peu, nous n'avons pas besoin de tant de formalités !

CHAPITRE XII

LES TABLETTES D'EXUPÈRE

C'EST à merveille, dit tout à coup l'historiographe Exupère, qui s'était tenu coi pendant cette scène mouvementée, stupéfait, ouvrant la bouche et les oreilles, mais l'on oublie les devoirs de ma charge... Que vais-je raconter, moi ?

— Qu'on augmente vos appointements, messire

Exupère, répondit Orsino en veine de largesses, et pour le reste, tenez-vous en joie.

— Ah! fit Exupère en pressant d'un geste noble ses tablettes sur son cœur, c'est ainsi, Altesse, que les princes se concilient les bonnes grâces de l'impartiale histoire !

*
* *

Si mon récit pèche par quelque inexactitude, patient lecteur, ne m'en rendez donc point responsable : c'est la faute d'Exupère !

Chennevières s/Marne, août 1883.

TABLE DES MATIÈRES

www.ingramcontent.com/pod-product-compliance
Ingram Content Group UK Ltd.
Pitfield, Milton Keynes, MK11 3LW, UK
UKHW021056200726
13857UKWH00003B/950

9 782011 947314